U0736097

世界经典文库

世界二十大名著

图文珍藏版

阅读俄国优秀的叙事作品 窥见欧洲文明的狭小窗口

上尉的女儿

第十六册

[俄罗斯]普希金⊙著

马博⊙主编 湛本军⊙译

线装书局

图书在版编目（ＣＩＰ）数据

上尉的女儿 /（俄罗斯）普希金著；马博主编. --
北京：线装书局，2016.1（2021.6）
（世界二十大名著）
ISBN 978-7-5120-2006-1

Ⅰ.①上… Ⅱ.①普… ②马… Ⅲ.①长篇小说－俄
罗斯－近代 Ⅳ.①I512.44

中国版本图书馆CIP数据核字(2015)第258794号

上尉的女儿

作　　者：［俄罗斯］普希金

主　　编：马　博

责任编辑：高晓彬

出版发行：线装書局

　　　　　地　址：北京市丰台区方庄日月天地大厦B座17层（100078）

　　　　　电　话：010-58077126（发行部）010-58076938（总编室）

　　　　　网　址：www.zgxzsj.com

经　　销：新华书店

印　　制：北京彩虹伟业印刷有限公司

开　　本：710mm×1040mm　1/16

印　　张：7

字　　数：85千字

版　　次：2021年6月第1版第2次印刷

印　　数：3001－9000套

定　　价：4980.00元（全二十册）

线装书局官方微信

目　录

目 录

导 读

俄国伟大诗人普希金（1799~1837）是 19 世纪俄国积极浪漫主义文学最优秀的代表，也是俄国批判现实主义文学的奠基人。他出身于莫斯科一个古老的贵族家庭，12 岁时入皇村学校学习，毕业后到外交部供职，因参加过"十二月党人"的活动和写政治诗，于 1820 年被政府流放南俄，1831 年重入外交部供职，1837 年沙皇尼古拉一世任命他为宫廷近侍，但他拒不接受，政府便纵容一逃亡的法国保皇党人在决斗中杀害了他，普希金一生创作了大量的作品：有抒情诗、叙事诗、悲剧、长篇小说、短篇小说、长篇诗体小说、中篇小说，代表作有《黑桃皇后》《上尉的女儿》，诗歌《叶甫盖尼·奥涅金》，还有童话诗《渔夫和金鱼的故事》等，他是俄罗斯近代文学的奠基者和俄罗斯现代文学语言的创建者，高尔基称他为"伟大的俄罗斯文学之始祖"。

普希金逝世前一年发表了一部真实而深刻地反映普加乔夫农民起义的中篇小说《上尉的女儿》，这部小说不仅在他的全部创作中占有极重要的地位，而且也是最早介绍到我国来的俄国文学作品。清光绪二十九年（1903），这部小说被译为《俄国情史》，成为中俄文学交流的第一位使者，《上尉的女儿》以同情的笔调描写了 18 世纪普加乔夫领导的农民起义，是俄国文学史上第一部反映农民斗争的现实主义作品，小说以贵族青年军官格里尼奥夫的个人遭遇为线索，再现了普加乔夫起义的历史，格里尼奥夫到边防炮台就职，中途为暴风雪所阻，偶然和普加乔夫结识，并送给他一件兔皮袄，后来，格里尼奥夫爱上了驻地上尉司令米隆诺夫的女儿玛莎。普加乔夫率领农民起义军，攻破炮台，杀死了司令夫妇，格里尼奥夫也被义军俘获，普加乔夫很重旧情，把他释放，并成全他的婚事，普加乔夫起义失败后，格里尼奥夫因此事受到怀疑，被政府逮捕，上尉的女儿玛莎谒见女皇叶卡捷林娜二世，澄清了怀疑，格里尼奥夫被释放，小说中的普加乔夫是一个勇敢机智，乐观豪迈，热爱自由，深受人民爱戴的农民起义领袖，具有坚强不屈的性格。

　　《上尉的女儿》是一部以科学的态度撰写而成的历史小说，全面深入地写出了俄国历史上一个重要时期的社会状况和矛盾斗争，塑造了体现人民力量和智慧的起义军领袖布加乔夫这一形象。全书语言朴素，简洁，把 18 世纪俄罗斯的风俗人情通俗流畅地展现在读者面前，果戈理说它是"俄罗斯最优秀的一部叙事作品"。

第一章　近卫军中士

> "假使他明天到近卫军去，那可就是上尉了。"
>
> "不用了，让他暂时到军队里服役。"
>
> "说得很好！让他痛苦一段时间……"
>
> ···
>
> "可他的父亲是谁呢？"

——克尼亚日宁

我的父亲安德列·彼得罗维奇·格里尼奥夫，年轻的时候，服务于米尼赫伯爵，一七××年从中校衔退伍。自大那时候起，他和我的母亲就住在辛比尔斯克乡下，我的母亲是落魄贵族的女儿阿芙多季亚·华西里耶夫娜·尤某，她总共生了九个孩子。我全部的兄弟姐妹都是很小的时候便已夭折。

承蒙我们的近亲近卫军少校Б公爵的照顾，我还没出生的时候，就以中士的身份在谢苗诺夫团登记在册。一旦母亲生下的是个女儿，那么只要父亲宣称：这个从未出现过的中士已经过世，事情也就结束了。我名义上是请假，一直要到学业结束为止。那会，我们的教育和现在不同。打五岁起，我就被父母交给马夫萨维里奇；因为他处事沉稳，家里把我交给他照看，让他做我的管教人。在他的监督下，十一岁我就学会了俄文，而且能十分正确地评判猎狗的特性。

这时父亲给我从莫斯科雇来一个法国人博普雷老师，他是跟着我们订购的供一年食用的葡萄酒和橄榄油一起来的。他的到来让萨维里奇十分不高兴。"真要谢天谢地了，"他嘀咕着，"这孩子洗漱吃喝都有人伺候，为什么还要花钱雇一个法国老师，难道自己人都没用么！"

博普雷在他们国内是个剃头匠，而后在普鲁士当兵，接着到俄国当教师，可他不大明白这个词的意义。他是个不错的人，但是轻浮放荡到了一定地步。他主要的缺点是沉迷酒色。因为他的自作多情，时常被人撵走，所以每天叹息连连。除此之外，（按他自己的说法）他并不是酒瓶的仇敌，也就是说（按俄国人的说法），喜欢喝点酒。可因为在我们家里只有午餐时才喝葡萄酒，而且只喝一小杯，斟酒时还常常把老师漏掉，这样一来，我那位博普雷便迅速习惯了饮用俄国果子酒，甚至认为法国葡萄酒没这种酒好，对于胃没坏处。我们不久就相处得十分融洽，即使按照规定，他必须教我法、德语和所有门类的功课，可他却更急于向我学会几句俄语，接着我们就可以自行其是。不久我们成了无话不谈的朋友。我甚至不想要别的老师。可没多久我们就被命运拆开了，事情是这样的：

　　有一天，麻脸的胖洗衣女帕拉什卡和独目的养牛女阿库利卡如同约好了一般，同时跪倒在我母亲脚下，承认她们出轨的事儿，边哭边闹地告了法国教师一状，说老师利用了她们不谙世事，引诱了她们。母亲十分重视这件事，告诉了父亲。父亲无比干脆地处理了此事。他立刻吩咐把那个法国流氓找来。仆人报告说法国先生正在给我上课。父亲便到我房间来了。此刻，法国先生正在床上呼呼大睡。我在忙自己的事情。要明白，家里给我从莫斯科买来一张地图。这就挂在墙上，可却一点用都没有。地图如此之大，纸张如此之好，我早就注意上他了。我决定拿它做个风筝，就趁博普雷正在睡觉时做了起来。我正把一根椴树皮做的尾巴贴到好望角上去的时候，父亲进来了。他看见我专心致志做这样的地理作业，揪了一下我的耳朵，接着奔到博普雷跟前，野蛮地把他叫醒，狠狠地责骂了他。博普雷有些力不从心，原本想欠起身来，可是办不到：可怜的法国人喝得天旋地转。新账老账一起算：父亲抓住他的衣领，他被一把从床上拉起来，推出门外，当天他就被赶走了，如此一来萨维里奇可快活得无法形容，我受的教育也就此结束。

　　我过着公子哥儿一般的日子，放放鸽子，和仆人家的孩子们跳跳山羊。此刻，我早已够了十六岁。生活也发生了变化。

　　秋天里的一天，母亲在客厅里煮蜂蜜果酱，我猴儿急地望着沸腾的泡沫。父亲在窗边读着每年订阅的《皇家年鉴》。这本书总叫他十分激动；他自始至终都怀着相当关切的心情翻来覆去阅读它；每读过一次都叫他相当愤怒。母亲对他的习惯了若指掌，总是想尽办法把这本倒霉的书藏得尽可能远点，如此一来，父亲会一连好几个月都见不到这本《皇家年鉴》。可是，假如让他偶尔找到，他就会连续好几个小时捧住不放。父亲读着《皇家年鉴》，不时耸耸肩膀，低声嘀咕着："好一个陆军中将！……他在我那个连里不过是个中士呢！……获得两枚俄国勋章！……可不久以前我们……"父亲最后把年鉴扔在沙发上，默不作声地沉思起来。

蓦地，他转头问母亲："阿芙多季亚·华西里耶夫娜，我们的小彼得几岁了？"

"刚刚十六岁，"母亲答道。"小彼得正是娜斯塔西亚·盖拉西莫夫娜婶婶瞎一只眼那年生的，那会儿还……"

"行啦，"父亲打断她的话，"该让他去服役了，不要叫他在仆人的房间里进进出出，在鸽子窝旁爬上爬下，这一切都够了。"

母亲想到马上就要和我离别，呆住了。她手里的勺子掉到锅子里，眼泪稀里哗啦地流了下来。和她不同，我那高兴劲儿却没法形容啦！在我脑海里，服役的念头是和自由自在、高兴地过彼得堡生活的想法融合在一块的。我憧憬着当上近卫军军官的模样，照我看，人类的幸福莫过于此了。

父亲不喜欢朝三暮四，也不喜欢磨磨蹭蹭。我出门的日期定下来了。起程前一天，父亲说要写封信让我带给未来的长官，吩咐给他拿笔和纸来。

"安德烈·彼得罗维奇，"母亲说，"不要忘了替我问候Б公爵，就说无论如何咱希望他别丢下小彼得。"

"别胡说八道啦！"父亲皱起眉头说，"为什么要写信给Б公爵？"

"你不是说要写信给小彼得的长官吗？"

"是啊，那又如何？"

"小彼得的长官就是Б公爵。小彼得在谢苗诺夫团登记过的啊。"

"登记过？那关我什么事？小彼得不到彼得堡去。在彼得堡服务，他能学到什么？学会花钱和放荡？不，先让他到普通军队里去服务，让他多吃点苦头，闻些火药味，让他当兵，而不是做二流子。在近卫军里登记过？他的证件在哪里？给我拿来。"

我的证件和我洗礼时穿的小衫一起放在母亲的首饰箱里，母亲把证件找来，用发抖的手递给父亲。父亲仔细看了一遍，把它放在桌子上，写起信来。

好奇心使我好不苦恼：如果不送我到彼得堡，那么究竟送我到哪里去呢？我紧紧盯着父亲那支写得相当慢的笔。他终于写好，把信和证件一起封进封袋里，摘下眼镜，把我叫到他跟前，对我说："你把这封信带给安德烈·卡尔洛维奇·Р，他是我的老同事和老朋友。你到奥伦堡去，在他手下服务。"

这一来，我那些光辉灿烂的憧憬全成了泡影！我等来的不是高兴的彼得堡生活，而是一个荒凉的远方过着寂寞无聊的日子。刚刚我还那么快快活活地想象着的军役，现在竟是我的极大的不幸。可争辩是没有用的！

次日早晨，大门前停着一辆旅行马车，大家把我的箱子、备有茶具的食品盒、一包包小白面包和馅饼——娇生惯养的家庭生活的最后标志——全都放到马车上去。父母给我祝了福。父亲对我说："再见，彼得。你对谁宣过誓，就要为他服务；要服从长官，不要逢迎拍马；公务上不要逞能抢先，也不要偷懒托词；一定记住一句老谚语：从头爱惜新衣，从小爱惜名誉。"母亲含泪嘱咐我注意身体，要萨维里奇好好照顾我。他们给我穿上一件兔皮袄，上面再加上一件狐皮大衣。我流着泪和萨维里奇坐上马车出发了。

当天夜里我来到辛比尔斯克，我们在那里必须待上一天，买些必要的东西，这些事早就嘱咐过萨维里奇了。我在一家小旅店住宿。萨维里奇一早就到小店里去了。老是从窗口望着那条泥泞的小巷使我觉得无聊，我就到各个房间去走走。走进弹子房，我看见一个身材高大的绅士，他约莫三十五岁，蓄着长长的黑胡子，穿着晨衣，拿着球杆，嘴里衔着烟斗。他正跟一个记分员在打桌球，那记分员赢了球能够喝一小口伏特加，输了球就得在球台下爬一圈。我瞧着他们打，愈是往下打，记分员在台下爬行的次数愈多，最后记分员趴在球台下不能动弹了。那绅士对他说了几句尖醉刻薄的话作为悼词，接着就邀我和他打一局。我说我不会，拒绝了。显然，他感到十分稀奇。他貌似相当惋惜地瞧瞧我，可是我们攀谈起来了。

我就知道了他叫伊凡·伊凡诺维奇·祖林，是某骠骑兵团的上尉，在辛比尔斯克招募新兵，住在这家旅店里。祖林邀请我和他一起像老朋友那样随便吃顿饭。我十分快活地答应了。我们在桌子旁边坐下。祖林喝了许多酒，而且殷勤地劝我喝一点，说是应该习惯军队的生活。他关于相当多军队里的笑话，使我笑得前仰后合。到喝完酒的时候，我们已经成了地地道道的忘年交了。这时他提出要教我打桌球。"这对我们当兵的来说，是必不可少的。"他说。"譬如说，你行军到了一个地方，那时你干什么好呢？犹太人并不是常常能打的。你只好到旅店里打桌球，因此打桌球，你必须学会它！"我完全被他说服，便用心地学起来。祖林大声称赞我，对我进步得这么快表示惊奇，我练习了几次，他就提议和我赌钱，每次输赢一戈比，不是为了赢钱，而是为了不白打，据他说，白打是最坏的习惯。这一点我也同意了。然后祖林又嘱咐拿潘趣酒来，劝我尝一尝，一再地说，应该养成当兵的好习惯：倘若不会喝潘趣酒，那还算什么当兵的！我听了他的话，我们还在继续打桌球。喝潘趣酒的次数愈来愈多，我的胆子也愈来愈大。我经常把台球打出界外；我直冒火，骂那记分员，天知道他是怎么记分的。我下的赌注愈来愈大，总之，我像一个摆脱了管教的孩子那样胡作非为起来。

时间却不知不觉地过去了。上尉祖林看了看表，放下球杆，宣布我输掉一百卢布。这一下我可有点着急了。我的钱都在萨维里奇那里。我只得向他道歉。祖林打断我的话，说："你得了吧！不过你不用着急，我能够等一会儿，现在我们到阿林努什卡那儿去吧。"

有什么可说的？这天我从早到晚都过得那样胡作非为。我们在阿林努什卡那里吃了晚饭。祖林频频替我斟酒，老是说，应该养成当兵的好习惯。吃完这顿饭，我简直有些站不住；到了深夜时，祖林才把我送回了旅店。

萨维里奇在大门口接我们。看到我对军务显然十分尽心竭力的这个样子，他不禁惊叫起来："少爷，这是怎么搞的？"他痛心地说，"你是在哪里喝成这个样子的？哎呀，我的天哪！这样的罪孽但是从来没有过的呀！"

"住嘴，老家伙！"我结结巴巴地回答他，"好……好像是你自己喝醉了，去睡觉……扶我到床上去。"

翌日，我醒来的时候，感到头好疼。我模模糊糊地想起昨天的事情。萨维里奇端茶进来，打断了我的思绪，"彼得·安德烈伊奇，"他摇摇头对我说，"你放荡得太早了。你像谁呢？你父亲、你爷爷都不是酒徒，母亲就更不必说了：她一辈子除了克瓦斯，什么也没有喝过。是谁叫你干这种事情的？只会是那个该死的法国先生。他总是跑去找安季皮耶夫娜，对她说：'夫人，热—夫—普里伏特加。'现在你也来热—夫—普里了！不用说，一定是那个狗崽子干的好事。还要请那个异教徒来照料你，就像是咱老爷家就没有人似的！"

我感到十分惭愧。我回过头对他说："你走吧，萨维里奇；我不喝茶。"可是萨维里奇这个老好人一数落起来，你就不能阻止他。"你看看，彼得·安德烈伊奇，喝醉了酒，究竟有什么好处，又是头疼，又是不想吃饭。人一喝上了瘾，就一点用处也没有了……你喝一点搀蜂蜜的黄瓜露吧，最好还是喝小半杯果子酒解解酒。行不行？"

这时有个孩子走进来，递给我一张祖林写的便条。我打开纸条，上面写着：

"亲爱的彼得·安德烈伊奇中士，请将昨天输给我的一百卢布交敝小厮带回，我亟需用钱。

随时准备为您效劳的

伊凡·祖林"

没有一点办法。我只能装出一副若无其事的样子，命令那位"照管我的钱财、衣服和事务"的萨维里奇付给这小厮一百卢布。"什么！为什么呢？"萨维里奇睁大眼睛望着我，大吃一惊地问道。"是我欠他的。"我尽可能冷漠地回答。"欠他的！"萨维里奇愈来愈吃惊，反问道，"少爷，你是什么时候欠他这笔债的？你能什么时候欠债？这事情可十分不对头。少爷，虽然是你愿意的，钱，我可是不给。"

倘若在这时刻我拗不过这固执的老头，我想，那以后就别想摆脱他的管束了，于是我就装作相当威严地瞪了他一眼，对他说："我既然是你的主人，你是我的下人。钱既然是我的。我输了钱，因为我情愿！我劝你别自作聪明，因此我叫你做什么，你就只能做什么。"

萨维里奇听了我的话，他拍了拍下手，惊讶地站在那里呆住了。"你还站在那里干什么！"我愤怒地叫喊着。萨维里奇哭了起来。"彼得·安德烈伊奇少爷，"他声音发抖着说。"别要了我的命吧！我的宝贝!! 听我老头子的话：写封信给那强盗，就说你是闹着玩的，说咱们从来没有这么多点钱。一百卢布！啊，唉，仁慈的上帝！你对他说，你的父母亲严厉禁止你赌博，除了用核桃……"

"别丢人现眼了，"我严厉地打断他的话，"把钱拿来，不然我就掐着你的脖子把你赶出去。"

萨维里奇哭丧着脸瞧了我一眼，去拿钱还债了。我十分可怜这老头，但我想摆脱他的束缚，证明我已经不是个小孩子。钱付给了祖林。萨维里奇急着要把我带出这家该死的旅店。他告诉我马已备好。我深感羞愧，默默地悔恨，就这样离开了辛比尔斯克，没有跟我那位前辈兼老师告别，也不打算再向他请教。

第二章 向 导

世界经典文库

世界二十大名著

上尉的女儿

图文珍藏版

这儿是个可爱的地方，是我
从未见过的异乡！不是我自己来
到这里，不是骏马带我来这里：
是青春活力、机灵禀性和那酒店
醉人的气息，引来我这年轻的小
伙子。

——古代歌谣

我一路上默默地沉思，十分不快。我输掉的那笔款子，在当时是
相当可观的。我心里只能承认，我在辛比尔斯克旅店里的所作所为是
愚蠢的，并且，也觉得十分对不起萨维里奇。这一切都使我心里十分
难过。老头子愁眉苦脸地坐在驭座上，背对着我，一声不响，只是偶
尔干咳几声。我特别想与他和解，只是不知从何谈起。最后我终于对
他说："好了，好了，萨维里奇！行了，让我们和解吧，是我不好；我
自己知道，是我不对。我昨天太孩子气，无缘无故惹你生气。我以后

一定要机灵点，听你的话。好了，别生气了；让我们和解吧。"

"唉，彼得少爷！"他长叹一声回答说。"咱是生咱自个儿的气，全是咱不好。咱怎么能够把你一个人扔在旅店里！有什么办法？唉，真是鬼迷了心窍，突然想到教堂管事的老伴那里去，看看咱的教亲。结果就像常言所说的那样：去看望教亲，却受到监禁。真是倒了大霉！……以后怎么去见主人哪？如果让他们知道你在外面喝酒赌博，他们会怎么说呢，唉！"

为了安慰可怜的萨维里奇，我向他保证今后没有他的同意决不乱花一文钱。他渐渐地心平气和下来，但还是偶尔摇摇头，自言自语地念叨着："一百卢布！可不是玩的！"

我离目的地愈来愈近了。我周围是一片交错着山峦与峡谷的荒原。到处覆盖着冰雪。太阳快下山了。马车顺着一条狭窄的小路，更确切地说，是农民的雪橇滑过的痕迹缓缓前进。突然，车夫频频抬头望望一边的天空，接着，摘下帽子回过头来对我说："少爷，我们还是回去吧。"

"为什么？"

"天气靠不住：起风了，你看，风都把雪刮起来了。"

"那有什么关系！"

"你看那边是什么？"车夫用鞭子指着东方。

"我什么也没看见，只有一片白茫茫的草原和清澈的天空。"

"你看，你看那儿有一朵云。"

我看见天边真的是一朵白云，起初我还以为是远处的山峦呢。车夫对我说，那朵小云是暴风雪的预兆。

我听说过这里刮暴风雪的情况，知道一刮起暴风雪，整个车队都会给淹没。萨维里奇赞同车夫的意见，劝我能回去。但我感到风还不大，特别想在暴风雪来临之前赶到下一站，因此只嘱咐他们快点赶车。

车夫把车赶得飞快，但总是不停地望着东方。马儿十分有节奏地跑着。这时风愈刮愈大。那朵小白云变成了一片灰白色的阴云，沉甸甸地翻腾着，扩展着，渐渐布满整个天空。下起了小雪，接着飘起鹅毛大雪。狂风怒吼，暴风雪终于来临了。刹那间，黑沉沉的天空便和这雪的海洋混成一片。什么都看不见了。

"糟了，少爷，"车夫叫喊起来，"倒霉，真的遇上暴风雪了！"

我朝车篷外面瞧了一眼：周围一片黑暗，刮着狂风。狂风呼号着，是那么迅猛和残暴，就像一头张牙舞爪的野兽；雪片不断扑到我和萨维里奇身上；马儿一步一步地走着，不久就停了下来。"你怎么不赶了？"我焦急地问车夫。"怎么赶呢？"他从驭座上爬下来，回答说，"不知道往哪儿走好，没有路，天又这么黑。"我骂他，萨维里奇却替他打抱不平："你干嘛不听我们的话，"他十分生气地说，"刚才最好就是回到旅店去，你就能够喝喝茶，能够安安稳稳睡到大天亮，那时暴风雪也停了，也好继续赶路了。可现在咱们急着到哪儿去？又不是赶着去吃喜酒！"萨维里奇的话是对的。但是毫无办法，雪还纷纷扬扬地下着，马车旁边已积起雪堆。马儿站着，奋拉着脑门，偶尔抖动一下。

车夫在周围走来走去，闲得无聊，就理理挽具。萨维里奇嘀咕着。我环视着四周，希望能找到房屋或道路的征象，可是除了浑然一片的飞卷的暴风雪，什么也看不见……突然我看见一个黑点子。"喂，车夫！"我叫起来，"瞧，那个黑糊糊的东西是什么？"车夫聚精会神地看着。"天知道是什么东西，少爷，"他坐到自己的位置上，说，"车不像车，树不像树，似乎还会动。或许是一只狼或者一个人。"

我叫车夫把车赶到那里去，那个黑点子也马上朝我们这里移动。

过了两分钟，我们便跟一个人并排靠在一起了。"喂，好心人！"车夫向他喊道，"你知道路在哪里吗？"

"这儿就是路，我就站在坚实的地方，"过路人回答说，"可这有什么用？"

"你听我说，乡下人，"我对他说，"你熟悉这地方吗？能不能带我到宿夜的地方去？"

"这地方我再熟悉不过，"过路人回答，"荣耀归于上帝，这儿我全走遍了。可现在这种天气，特别容易迷路的。最好还是在这儿等一等，也许暴风雪会停下来，天空也会亮起来，那时我们就能够按照天上星星的位置找到路了。"

他的冷静使我打起了精神。我们只能听天由命，在这草原上过一夜了，突然过路人灵巧地爬上驭座，对车夫说："荣耀归于上帝，不远的地方有人家，向右拐，走吧。"

"为什么朝右边走？"车夫不快活地问道。"你看到哪里有路？还不是：马儿是别人的，车儿也不是自己的，那你就拼命赶吧。"我感到车夫的话说得有理。"真的，"我说，"你凭什么认为不远的地方有人家呢？""因为风是从那儿吹来的，"过路人回答说，"我闻到烟味儿，可见村子离这儿不远。"他的机灵和敏感使我吃惊。我嘱咐车夫上路。马儿艰难地踩着深深的积雪。马车无声地前进着，时而翻过雪堆，时而落进低地，时而颠到这一边，时而又颠到那一边，像是一条大船在波涛汹涌的大海上航行。萨维里奇哼哼着，不时碰到我的腰部。我放下车篷，裹紧大衣，打起盹来。暴风雪的歌唱和马车的摇晃催着我入眠了。

我做了个梦，这个梦我是永生忘不了的，并且直到现在，当我联想到我这一生的奇遇时，我仍认为这个梦是个预兆。读者肯定是会原谅我：因为凭经验能够知道：一个人无论多么蔑视偏见，他还是会向迷信低头的。

我的感觉和心情正处于这样一种状态：现实已经让位给梦幻，而且和梦幻结合在一起，进入刚入梦时的那种迷迷糊糊的幻境中。我感到暴风雪仍在逞凶，我们仍在雪地上迷失路途……蓦地，我看见一扇大门，便驶入我家的庄园。我最初想到的就是担心父亲对我自作主张回到家里这种举动发脾气，怕他会以为我是故意违抗他的命令。我忐忑不安地跳下马车，看到母亲痛苦欲绝地在门口台阶上迎接我。"轻一点，"她对我说，"父亲病得奄奄一息，他想再见你一面。"我吓坏了，就跟着她走进卧室。我看见房间里灯光微弱，床前站着许多人，一个个哭丧着脸。我轻轻走到床前，母亲稍微掀帐子说："安德烈·彼得罗维奇，小彼得来了；他听到你生病的消息回来了，你给他祝福吧。"我跪下，注视着病人。但是怎么啦？……我看见床上躺着的并不是父亲，而是一个长着黑胡子的庄稼汉，他正高兴地瞧着我。我莫名其妙地回头问母亲："这是怎么回事？这不是父亲。我干嘛要请一个庄稼汉给祝福呢？""反正是一样的，彼得，"母亲回答我说，"这是代替父亲给你主持婚礼的人，吻他的手，让他给你祝福吧……"我不肯。这时庄稼汉从床上跳起来，从背后抽出一把斧头，往四下里乱砍。我想跑……但是办不到。房间里堆满了死尸，我在尸体上绊了几下，便滑倒在血泊中……那个可怕的庄稼汉亲切地喊着我，对我说："别怕，到我这儿来，我给你祝福……"我心里十分害怕，不知道到底是怎么回事……就在这个时候，我惊醒了。马儿站在那里，萨维里奇拉着我的手说："下车吧，少爷，到了。"

"到什么地方啦？"我揉着眼睛问道。

"到客栈了。上帝保佑，差点儿让我们碰上围墙。下车吧，少爷，快一点，快去暖和暖和吧。"

我走下马车，暴风雪还在刮着，但已不那么狂暴。天黑得伸手不见五指。店主在大门口迎接我们，他把灯笼放得低低的，把我带到一间客房里，那客房尽管狭小，却十分干净，还点着松明，墙上挂着一支长枪和一顶高高的哥萨克帽。

店主是雅依克河一带的哥萨克，看起来像个六十岁左右的庄稼汉，精力还特别充沛。萨维里奇拿着食品盒跟着我进来，他要店家烧茶，我从来也没有像现在这么想喝茶。店主张罗去了。

"那向导在哪里？"我问萨维里奇。

"在这里，老爷，"一个声音在上面回答我。我抬头瞧瞧高板床，看见了一把黑胡子和两只闪闪发亮的眼睛。"怎么，老哥，冻坏了？""只穿一件破大衣，怎么不冻坏！我本来有一件皮袄，说来不怕你见笑，昨天押给酒保了：我以为天不太冷呢。"这时店主捧着沸腾的茶炊走进来。我请向导喝杯茶，那庄稼汉便从床上爬下来。他仪表堂堂：看样子有四十岁，中等身材，略嫌瘦削，肩膀却十分宽。他的黑胡子已经有些灰白，两只机警的大眼睛十分灵活，脸上的表情十分讨人喜欢，却有点狡黠。他的头发剪成圆形；身上穿着破旧的厚呢上衣和鞑靼人的灯笼裤。我递给他一杯茶，他尝了一尝，皱起眉头。"少爷您行行好吧，嘱咐他们给我一杯酒，茶我们哥萨克喝不来。"我相当快活地满足了他的愿望。

店主从酒柜里拿出酒瓶和酒杯，走到他跟前，瞧瞧他的脸说："嘿，你又到我们这儿来了！是打哪里来的？"我的向导意味深长地向他眨眨眼，用一首儿歌回答他："鸟儿飞来吃大麻，奶奶便把石子拿，一块石子扔过去，没打中——飞啦。噢，你们过得好吗？"

"我们又能怎么样呢！"店主继续用隐语回答他。"有人要敲晚祷的钟，神父夫人不答应：神父做客去，恶魔在坟地。""别唱了，大叔，"流浪汉制止他，"只要天下雨，就会长蘑菇；只要有蘑菇，就有菜篮子。而眼下（他又眨了眨眼睛）把斧头藏在背后：管林人来了。少爷，祝您健康！"说完，他拿起酒，画了个十字，一饮而尽。然后，他向我鞠了个躬，又回到高板床上去。

那时我一点也不懂得他们的黑话，但后来我猜到他们是在谈雅依克哥萨克军队的事，在一七七二年叛乱之后，这支军队刚刚被平定。萨维里奇满脸不快活地听着。他狐疑地看看店主，一会儿看看向导。这家客栈，或按当时的说法，叫车店，孤零零地设在草原上，离随便哪个村子都特别远，太像强盗窝了。可是毫无办法。继续赶路是不可想象的。萨维里奇的焦急却使我十分开心。然后，我已经着手安排宿夜，而且在一条大板凳上睡下。萨维里奇决定睡在炕上，店主睡在地板上。一会儿整个屋子的人都打起鼾来，我也睡得像个死人。

次日早晨我醒得特别迟，我发现暴风雪已经停了。太阳照耀着。无际的草原上覆盖着厚厚的一层雪，白得耀眼。马已经套好。我和店主结了账，房金收得十分公道，连惯于讨价还价的萨维里奇也没和店主争执，昨天的狐疑也完全从他的脑子里消失了。我喊来向导，感谢他的帮忙，嘱咐萨维里奇给他半卢布酒钱。萨维里奇皱起眉头，"半卢布酒钱！"他说，"为什么？是为了你把他带到客栈里？随你的便吧，少爷，我们可没有那么多半卢布的钱。见人就给钱，那你自己立刻就得饿肚子了。"我无法跟萨维里奇争论。我已经答应过，钱由他全权处理。但是我却特别难过，因为无法对这个人表示一点谢意，且不说他把我从一场灾难中搭救出来，至少也是帮我们摆脱了那令人烦恼的困境。"好吧，"我冷冷地说，"你如果不肯给半个卢布，就把我的衣服随便拿一件给他。他穿得太单薄了。把我那件兔皮袄给他。"

"行行好吧，彼得少爷！"萨维里奇说。"干嘛给他兔皮袄？这条狗，到头一家酒店就会马上把它喝掉的。"

"老头，我喝不喝掉，用不着你操心。"流浪汉说，"他少爷赏给我皮袄，这是他少爷的事，你当奴才的不是争吵，而是遵命。"

"强盗，你不怕上帝了！"萨维里奇气冲冲地回答他。"你看这孩子还不懂事，就想利用他的天真把他的东西抢光。你要少爷的皮袄干什么？这件皮袄套不上你那可恶的宽肩膀。"

"请你不要自作聪明，"我对老家人说，"快把皮袄拿来。"

"上帝啊！"萨维里奇悲痛地呼喊着。"兔皮袄差不多还是新的！给谁不能够，偏要给这个穷酒鬼！"

然而兔皮袄究竟是拿来了。庄稼汉马上就在身上比了比。其实这件兔皮袄连我穿了都嫌紧，穿在他身上就显得更窄小了。可是他马上想出办法，把缝合的地方拆开，把皮袄套在身上。萨维里奇听到线的断裂声，差点儿没叫出声来。流浪汉拿到我的礼物十分开心。他把我送到马车旁，向我深深鞠了一躬，对我说："谢谢少爷！愿上帝报答你的好心。我一辈子也不会忘记你的恩情。"他走了，我也继续赶路，完全不把恼怒的萨维里奇放在心上，而且不久就把昨天的暴风雪、向导和兔皮袄忘掉。

到了奥伦堡，我直接去见将军。他是一个高大的男人，由于年老，背已经有点驼。他的长头发完全白了。他那褪色的旧军服使人想起安娜·伊凡诺夫娜时代的军人，他的话里带着特别重的德国口音。我把父亲的信交给他。他听到我父亲的名字便迅速地瞧了我一眼，说："我的上帝！你父亲像你这么大似乎还是不久前的事，现在却有这么一个小伙子了！哦，时间哪，时间！"他拆开信，低声念着，还不时评论几句。"'安德烈·卡尔洛维奇阁下，我想，大人……'干吗这么客气？哼，真不怕难为情！当然，纪律是最重要的，但是给老朋友写信也要这么写吗？……'大人不会忘记……'嗯……'当……已故的元帅米……行军……也……卡罗林卡……'嗨，兄弟！这么说他还记得我们当时胡闹的事啰？'现在言归正传……把我的孩子送到麾下……'嗯……'让他戴上刺猬皮手套……'什么叫作刺猬皮手套'？"他回过头来，对着我重说了一遍。

"这意思是说，"我尽可能地装出天真烂漫的神气回答说，"待他要亲切，不要太严厉，给予更多的自由，让他戴上刺猬皮手套。"

"嗯，我清楚……'不要放任……'不，看来戴刺猬皮手套不是这个意思……'送上……他的证件……'证件在哪里？噢，在这儿……'请通知谢苗诺夫团注销……'好，好：一切照办……'请允许我以老同事和老朋友的身份……拥抱你，'噢，终于清楚了……等等，等等……好，老兄，"他读完信，把我的证件放在一边，说，"一切都会照办：现在我派你到某某团去当军官，为了节省时间，你明天就到白山要塞去，在米罗诺夫上尉手下供职，他是个善良正直的人。你能够在那里切切实实地服务，学会遵守纪律。在奥伦堡你没事可干，生活散漫对青年人有害。可今天我请你赏光在我家吃饭。"

"看来，是愈来愈倒霉了！"我自个儿思忖着，"我还在娘胎里就是一个近卫军中士，可这有什么用！这又能把我带到什么好地方去？把我派到某某团，派到吉尔吉斯—卡依萨克草原边上一个荒凉的要塞去！……"我在安德烈·卡尔洛维奇那里，和他的一个老副官三个人共进午餐。德国人那种严格的节俭精神充分体现在他的餐桌上，所以我猜想，担心多余的人出现在他那单身汉的餐桌旁也许是他急于把我送到驻防军那里去的一部分原因。次日，我辞别将军，到我的任所去了。

第三章 要 塞

我们住在要塞里，

吃的是面包喝的是水；

倘若凶恶的敌人，

来抢我们吃包子，

我们就准备好酒宴，

请他们饱尝炮弹的滋味。

——士兵的歌

他们是古代人，我亲爱的。

——《纨裤子弟》

白山要塞离奥伦堡四十俄里路。道路沿着雅依克河陡峭的河岸向前伸展。河面还没有结冰，它那铅灰色的波浪，在覆盖着白雪的单调的两岸中显得凄凉而幽暗。河那边是广阔的吉尔吉斯草原。

我一路沉思着，想的尽是些悲伤事。驻军的生活对我并没有多大吸引力。我竭力想象着我未来的上司米罗诺夫上尉的样子。在我的想象中，他是个严厉而暴躁的老头子，除了军务什么也不知道，为了一点小事情就会把我关禁闭，叫我只吃面包和喝水。这时，天已开始黑下来。我们的马跑得十分快。"离要塞还特别远吗？"我问车夫。"不远，"他回答。"您瞧，已经看得见了。"我往四下里张望着，满以为能够看见一些森严的棱堡、塔楼和围墙，可是除了一个围着木栅的小村子什么也没看见。它的一边是三四垛覆盖着半边积雪的干草，另一边是一座歪斜的磨坊，树皮做的叶片懒洋洋地挂下来。

"要塞在哪里？"我诧异地问道。"这就是，"车夫指着村子回答，说着，我们的马车已经驶进了村子。在大门旁，我看见一尊旧铁炮；街道狭窄而弯曲；房子都十分矮，屋顶上大都盖着干草。我嘱咐车夫把马车赶到要塞司令那里去，不一会儿马车就在一座小木屋前面停住。这座木屋建在高地上，旁边有一座也是用木头盖的教堂。

没有人来接我。我走进门廊，打开前厅的门。一个残废老兵坐在桌上，正在用一块蓝布补绿军装的袖子。我叫他去通报。"进去吧，少爷，"残废老兵回答说，"我们的人都在家。"我走进一个颇为干净的老式房间。墙角里有一个餐具橱，墙上玻璃镜框里镶着军官委任状，镜框旁边贴着几张民间木版画，画的是攻克基斯特林和奥恰科夫，还有几张画的是选择未婚妻和小猫下葬。窗边坐着个老夫人，她身上穿着棉背心，头上包着头巾。老夫人正在绕线团，一个穿军官服装的独眼老头用两只手给她绷着线。"您有什么事，少爷？"老夫人一边绕线一边问。我回答，我是来此处服务并来向上尉先生报到的。我正要把这些话再问独眼老头说一遍，以为他是要塞司令，可是女主人打断了我背熟的话。"伊凡·库兹米奇不在家，"她说，"他到盖拉辛神父家做客去了；不过反正一样，老爷，我是他的夫人。请多关照。请坐，老爷。"她喊来使女，要她把一名军士找来。老头用他的独眼好奇地望着我："请问，"他说，"您是在哪个团服务的？"我回答了他的问题。"请问，"他又继续问道，"您为什么要从近卫军调到驻防军来？"我回答，这是上峰的意思。

"听该是因为行为不合近卫军军官的规矩吧？"这不知疲倦的老盘问者又问道。"别再胡扯了，"上尉夫人对他说。"你看，年轻人路途劳累了，他没工夫跟你扯这些……手伸直点……你老爷，"她转身对我继续说，"他们把你送到我们这偏僻的地方来，你别悲伤。你不是第一个，也不是最后一个。习惯就好了。施瓦勃林·阿列克赛·伊凡诺维奇因为杀人调到我们这儿已经有四年多了。天知道，他怎么会造出这种孽来。你看，他跟一个中尉骑马到城外去，他们身上带着剑，就这么斗起来。阿列克赛·伊凡内奇刺死了中尉，在场的还有两个证人！你说有什么办法呢？人孰能无过。"

这时，一个年轻、身材匀称的哥萨克军士走了进来。"马克西梅奇！"上尉夫人对他说，"你给这位军官先生找个住所，要干净些的。""是，华西丽莎·叶戈罗夫娜，"军士回答道。"是不是能够请他少爷住到伊凡·波列扎耶夫那儿去？”“瞎说，马克西梅奇，”上尉夫人说，“波列扎耶夫那里那么挤；他但是我的教亲，他不会忘记我们是他的上司。你带这位军官先生……老爷，请教您的大名和父称。叫彼得·安德烈伊奇吗？……把彼得·安德烈伊奇带到谢苗·库佐夫那里去。他这个骗子竟把马放到我的菜园里来了。唔，马克西梅奇，全都太平无事吗？”

“荣耀归于上帝，全都太平无事，”哥萨克回答。“只有普罗霍罗夫伍长在澡堂里为了一盆热水和乌斯季尼雅·涅古利娜干了一架。”

“伊凡·伊格纳季奇！”上尉夫人对独眼老头说，“你去了解一下普罗霍罗夫和乌斯季尼雅的事，看谁对谁错。把他们两个人都处罚一下。那么，马克西梅奇，你去吧。彼得·安德烈伊奇，马克西梅奇带您到您的住所去。”

我向她行礼告别。军士把我带到一座房子里，这房子坐落在高高的河岸上，就在要塞的边上。谢苗·库佐大一家住着半座房子，另一半划给我住。这里一共只有一个房间，非常干净，用隔板隔成两间。萨维里奇就在里面安排起来。我从狭小的窗子向外望去。我面前展现出一片荒凉的草原。斜对面有几座小屋子；街上有几只母鸡在走来走去。一个老太婆手里拿着木盆，站在台阶上唤猪吃食，那些猪也亲热地呜呜叫着回答她。瞧吧，看来我命中就注定要在这种地方度过我的青春！一阵忧伤涌上我的心头，我从窗边走开，虽然萨维里奇一再劝我，我还是没有吃晚饭就躺下睡觉了。萨维里奇一直悲伤地念叨着："上帝啊！这孩子什么也不吃，万一弄坏了身子，主母可要怎么说哇？"

次日早晨，我刚刚在穿衣服，门打开了，一个身材不高、脸色黝黑、面孔并不好看，却相当有朝气的青年军官向我走来。"请原谅，"他用法语对我说。"我冒昧前来拜访您。昨天我听说您来了。我终于又能够看见人了，这种愿望实在太强烈，因此我怎么也忍耐不住。您只要在这里再住上一些时候，就会理解我这种心情的。"我猜想这个人就是那个由于跟人家决斗而被开除出近卫军的军官。我们随即互相认识了。施瓦勃林远不是个蠢人。他的谈吐尖酸刻薄而富有吸引力。他十分高兴地对我描绘了司令一家、司令的熟人以及我命中注定来服务的这个地方的情况。我天真地笑着，这时那个在司令的前厅里缝补军装的残废老兵来找我，说华西丽莎·叶戈罗夫娜请我去吃饭。施瓦勃林提出要和我一起去。

到了司令家门前，我们看见场地上二十来个打着长辫子、戴着三角帽的残废老兵。他们排成队列，前面站着司令，他是个身材高大、精神饱满的老人，头上戴着帽子，身上穿着土布长袍。他看见我们，便向我们走来，对我说了几句十分亲切的话，又去指挥操练了。我们本想站在那里看操练，但他叫我们到华西丽莎·叶戈罗夫娜那里去，说他随后就来。"这里没有什么好看的。"他补充说。

华西丽莎·叶戈罗夫娜十分随便而又亲切地接待了我们，跟我简直是一见如故。残废老兵和帕拉什卡在餐桌旁张罗着。"今天我那伊凡·库兹米奇怎么操练了这么久！"司令夫人说。"帕拉什卡，去叫老爷吃饭。玛莎在哪里呀？"这时一个年约十八岁的少女走了进来，她的脸滚圆而红润，淡黄色头发梳得相当光滑，撩到羞红的耳朵后面去。刚见面，她并不让我喜欢。我对她是抱着成见的：施瓦勃林对我谈起过上尉的女儿玛莎，说她完全是个傻姑娘。玛丽亚·伊凡诺夫娜在角落里坐下，做她的针线活。这时菜汤端上来了。华西丽莎·叶戈罗夫娜没看见丈夫回来，又差帕拉什卡去请他。"跟老爷说：客人在等着，汤要凉了，荣耀归于上帝，操练是免不了的，往后有的是时间，够他吆喝的了。"上尉不久就来了，身边还跟着那个独眼老头。"你怎么啦，我的老爷？"夫人对他说。"菜端上来好久好久了，可你总不回来。""你没看见，华西丽莎·叶戈罗夫娜，"伊凡·库兹米奇回答，"我在忙着军务，在训练士兵呢。""算了吧！"上尉夫人不以为然地说。"训练士兵，说得好听而已：他们学不会，你自己也不懂。倒不如坐在家里祷告祷告上帝好些。亲爱的客人们，请入席。"

我们坐下来吃饭。华西丽莎·叶戈罗夫娜不停地说着，对我提出一连串问题：我的双亲是谁，他们是不是还健在，住在哪儿，财产多不多？听说我父亲有三百个农奴，她说："真不简单！世界上还真有这么些富翁！可我们，我的老爷，一共只有一个使女帕拉什卡。不过感谢上帝，我们的日子还过得夫人平平，只有一件事叫我们发愁：玛莎姑娘已经到了出嫁的年纪了，可她哪来的嫁妆？一把篦子，一把桦笤帚，一枚三戈比的小钱（上帝饶恕！）只够到澡堂里去洗洗澡。她要能找到个好人，那是她的命好，要不然只好坐在家里当一辈子老姑娘了。"我瞧了瞧玛丽亚·伊凡诺夫娜，她满面通红，眼泪滴在盘子上。我十分可怜她，便赶快改变话题。

"听说，"我不合时宜地说，"巴什基尔人想来攻打我们的要塞。"

"亲爱的，您这是听谁说的？"伊凡·库兹米奇问道。

"我在奥伦堡听说的，"我回答。"没有的事！"司令说。"我们好久没听说过了。巴什基尔人是惊弓之鸟，吉尔吉斯人也受够了教训。他们恐怕不会来攻打我们的；他们敢闯进来，我就狠狠地教训他们一顿，叫他们十年不敢动一动。""您待在这么危险的要塞里不害怕吗？"我问上尉夫人。"习惯了，我的少爷，"她回答。"二十年前，我们刚刚从团里调到这里来，那真不得了，这些该死的无赖可把我吓死了！那时，我一看见那山猫皮帽子，一听见他们的尖叫声，说来你也许不相信，我的爷，我的心都要跳出来了！可现在，我全习惯了，如果有人来报告，说坏人在要塞周围跑来跑去，我根本就没当一回事。"

"华西丽莎·叶戈罗夫娜是位极其勇敢的夫人，"施瓦勃林一本正经地说，"这一点伊凡·库兹米奇能够证明。"

"是的，不错，"伊凡·库兹米奇说，"她不是个胆小的女人。"

"玛丽亚·伊凡诺夫娜呢?"我问,"也像您这么大胆吗?"

"您问玛莎胆子大不大吗?"她母亲回答,"不大,玛莎胆子十分小。到现在还听不得枪声,一打枪,她就吓得浑身颤抖。两年前我过命名日,伊凡·库兹米奇忽然想起要放炮,差一点没把我这宝贝的命送掉。从那个时候起,我们就再没有放过那门该死的大炮了。"

我们从餐桌旁边站起来。上尉夫妇俩睡觉去了。我到施瓦勃林那里去,和他度过整个晚上。

第四章　决　斗

"请吧，快摆好你的架势，

看我如何刺穿你的身子！"

——克尼亚日宁

　　过了没几个礼拜，我对白山要塞的生活不仅觉得了能够忍受，甚至觉得愉快。司令家里把我当亲人看待。他们夫妻俩都是十分可敬的人。伊凡·库兹米奇是从士兵的孩子成长为军官的，他没有多少教养，是个普通军人，然而十分正直和善良。妻子管着他，这适合他那无忧无虑的性格。司令太太看待军务就像看待家务一样，她把要塞管理得像自己的家一样好。没多久，玛丽亚·伊凡诺夫娜看到我也不害羞了。我们彼此已经相当熟悉。我看出她是个知情达理的姑娘。不知不觉之间我已经爱上了这个善良的家庭，也十分喜欢那个独眼的驻防军中尉伊凡·伊格纳季奇；施瓦勃林胡说什么他和华西丽莎·叶戈罗夫娜有不正当关系，这是没影儿的事，然而施瓦勃林对于造谣是满不在乎的。

　　我不久提升为军官了。公务并不难。在这个太平的要塞里，既没人来视察，也没有训练，也不用放哨。司令有时快活起来便训练一下士兵；但至今还不能使他们分清哪边是右，哪边是左，好些士兵为了不搞错，每次转身之前都在自己身上画十字。施瓦勃林有几本法文书。我便读起书来，并且对文学发生了兴趣。每天清晨我都看书，练习翻译，有时还写写诗。我几乎天天都是在司令家里吃饭，通常都在那里度过一天的剩余时间。盖拉辛神父和他的夫人阿库利娜·潘菲洛夫娜有时晚上也到那里去，神父夫人是附近这一带最喜欢传播消息的女人。我每天都免不了要遇到施瓦勃林；可是他的谈话使我愈来愈不愉快。他老是取笑司令一家，我特别不喜欢听这些话，特别是他对玛丽亚·伊凡诺夫娜的挖苦讽刺。可是在要塞里没有别的聚会了，并且我也不想参加别的聚会。

巴什基尔人并没有叛乱，尽管有人预言过。我们要塞附近一直平安无事。然而内部突然发生的冲突却把和平气氛打破了。

我已经说过我在学习文学。我的习作在当时说来是十分不错的。几年后亚历山大·彼得罗维奇·苏马罗科夫对这些习作曾极为称赞。有一次我写了一首自己也十分满意的短诗。大家都知道，作者自己常常总是借口征求意见，找个感情可以相通的人听他朗读自己的作品。所以，我抄好短诗，就拿到施瓦勃林那里去，因为他是要塞里唯一懂得品评诗歌作品的人。我简单地做了一点说明，便从口袋里拿出小本子，给他朗读下面一首小诗：

驱除我心中的情思,

我要把美人儿丢在脑后,

噢,我回避着玛莎,

要让心灵获得自由!

可是在我的眼前,时刻

闪动着那使我迷醉的明瞳;

它们扰乱了我的心绪,

全然使我失去了平静。

当你知道我的不幸时,

玛莎,你要同情我的痴迷;

你看见我遭到这种厄运,

也知道我一心迷恋着你。

"你看这首诗写得怎么样?"我问施瓦勃林,期望着他的称赞,似乎这是我应得的赞赏。但结果却使我大为恼火,平时颇为宽容的施瓦勃林,这一次却断然宣布我的诗写得不好。

"为什么?"我掩饰着自己的恼怒,问他。

"因为这种诗只有我的老师华西里·特烈季雅科夫斯基才会说好，我看这特别像他的爱情诗。"

他把小本子拿过去，无情地挑剔每一行、每一个字，对我极尽讥讽嘲笑之能事。我再也忍受不住，便从他手里夺回小本子，并说，从今以后再也不让他看我的作品了。施瓦勃林对我的威吓同样加以嘲笑。"让我们走着瞧吧，"他说，"看你的话算不算数，因为诗人需要听众，就像伊凡·库兹米奇饭前需要一瓶伏特加一样。而那个你向她表白爱情、倾诉思念之苦的玛莎又是谁？是不是玛丽亚·伊凡诺夫娜呀？"

"这不关你的事，"我蹙着眉头回答他，"无论这个玛莎是谁。我不想听你的意思，也不要听你的猜测。"

"好哇！好一个富有自尊心的诗人和谦恭的情人！"施瓦勃林继续说。他的话愈来愈激起我的愤怒，"不过请你听听我的忠告：如果你想得到她的垂青，我劝你不要拿这些情诗去献殷勤。"

"先生，这是什么意思，请你解释解释。"

"我十分荣幸。我是说，倘若你想让玛莎·米罗诺娃晚上来和你相会，那么你应该送她一对耳环，而不是一首情诗。"

我的血沸腾起来。"你凭什么这样说她？"我好不容易压住怒气，问他。

"因为根据我的经验，我知道她的性格和习惯。"他阴险地笑着，回答我的问话。

"你胡说，你这个下流无耻的东西！"我疯狂地嚷叫着，"你胡说，你太下流无耻了。"

施瓦勃林霎时变了脸色。"这件事我可饶不了你，"他说着，捏紧我的手，"您得跟我决斗。"

"请便，我随时奉陪，"我快活地回答。当时我恨不得撕烂他。

我马上跑去找伊凡·伊格纳季奇。我看到他手里拿着针，遵照司令夫人的委托，正在用线把蘑菇串起来，以便晒干，留到冬天吃。"啊，彼得·安德烈伊奇！"他看见我，说，"欢迎您光临！是什么风把您吹来的？请问有什么事？"我简短地对他说，我和阿列克赛·伊凡内奇吵架了，我请他伊凡·伊格纳季奇当我的决斗证人。伊凡·伊格纳季奇瞪着独眼望着我，仔细听着我的话。"您说，您要刺死阿列克赛·伊凡内奇，让我当证人，是不是？请问。"

"是的。"

"行行好吧，彼得·安德烈伊奇！您这打的是什么主意啊！您和阿列克赛·伊凡内奇吵架了？那算得了什么！骂人的话粘不到身上。他要骂了您，您就以骂还了他；他打您的脸，您就打他耳光，两下，三下——打完就各走各的路；然后我们来给你们调解。要不然，我请问：刺死自己的熟人，这可是什么事？如果您刺死他倒也罢了，上帝保佑他阿列克赛·伊凡内奇；我自己也不喜欢他。但是倘若他在您身上刺个窟窿呢？究竟是谁当了笨蛋，请问？"

中尉冷静的分析并没有使我动摇。我主意已定。"请便吧，"伊凡·伊格纳季奇说，"您想怎么就怎么干。可我干吗要去当证人？这是何苦呢？请问，两个人打架，这算什么稀奇事？荣耀归于上帝，我和瑞典人、土耳其人都打过仗：这种场面看够了。"

我简单地对他解释了一下证人的职责，可伊凡·伊格纳季奇怎么也不懂。"随您的便吧，"他说，"倘若一定要我参与这件事，按照我的职责，我或许得去报告伊凡·库兹米奇，告诉他，要塞里有人图谋搞违反国家利益的暴行：司令先生是不是会采取适当的措施……"

我吓了一跳，要求伊凡·伊格纳季奇不要去报告司令；我好容易说服了他，他答应了，于是我下决心不再去找他。

这个晚上我照常在司令家里度过。我竭力装出快活和若无其事的样子，免得引起人家怀疑，也是为了避免那些令人讨厌的盘问。几乎所有处在我这种境况的人都会夸口自己的沉着，但是老实说，我并没有那么冷静。这个晚上我显得特别多情和容易动感情。我比平时更喜欢玛莎。我想到这也许是最后一次看到她了，这使她在我眼里显得更加动人。施瓦勃林也在那里。我把他叫到一边，把我跟伊凡·伊格纳季奇谈话的情况告诉他。"我们干吗非要证人，"他冷冷地对我说，"没有证人也能够。"我们约定在要塞旁边的干草垛后面决斗，次日早上七点钟之前到那里去。从表面上看来，我们谈得非常友好，所以伊凡·伊格纳季奇竟快活地说漏了嘴。"早就该这样了，"他十分快活地对我说，"勉强的友好总比友好的吵架好，尽管失去了面子，却平安无事。"

"什么，你说什么，伊凡·伊格纳季奇？"在角落里用纸牌占卜的司令夫人问道，"我没有听明白。"伊凡·伊格纳季奇发现我对他表示不满，想起了自己的诺言，一时竟慌了神，不知道怎么回答好。施瓦勃林连忙给他解围。

"伊凡·伊格纳季奇赞成我们和解，"他说。

"我的少爷，你跟谁吵架了？"

"我和彼得·安德烈伊奇大吵过一场。"

"为了什么事情?"

"为了一件不大的事情:为了一首短歌,司令太太。"

"你们竟为这种事吵架!为了一首短歌!……你们是怎么吵起来的?"

"是这样:彼得·安德烈伊奇不久前作了一首短歌,今天当着我的面唱了起来,我也唱了一首自己喜欢的歌:

  上尉的女儿,

  夜里别出去玩儿。

"我们各唱各的调,彼得·安德烈伊奇就生气了;后来他想了想,认为各人要唱什么,有他的自由。这样事情也就了结了。"

施瓦勃林的无耻几乎使我气得发疯。但除了我,没有人懂得他那下流的语意双关的话,至少没有人注意到这一点。谈话从短歌转到诗人问题。司令认为诗人都是些不务正业的人,是些不可救药的酒鬼,而且友好地劝我不要再写诗,他认为写诗和军务是不相容的,不会有好结果。

施瓦勃林在场使我无法忍受。过了一会儿我就向司令和他一家告别。回到家里,我把剑检查了一下,试了试剑锋,嘱咐萨维里奇明天早上七点钟以前叫醒我,便躺下睡觉了。

到了次日约定的时间，我已经站在干草垛后面等待我的仇人。过会他也来了。"我们会给发现的，得快一点。"他对我说。我们脱下军服，只穿一件背心，亮出剑来。这时从一堆干草垛后面突然出现了伊凡·伊格纳季奇和五六个残废士兵。他要我们去见司令。我们气冲冲地服从了。我们在士兵的包围下跟着伊凡·伊格纳季奇到要塞去，伊凡·伊格纳季奇得意扬扬地带着我们，神气活现地迈着大步。

当我们走到司令的家时。伊凡·伊格纳季奇打开门，得意地宣布："带来了！"司令太太朝我们走过来。"好哇，我的少爷！这可像什么呀？这是怎么搞的？像什么？要在我们要塞里决斗！伊凡·库兹米奇，立刻把他们关起来！彼得·安德烈伊奇！阿列克赛·伊凡内奇，把你们的剑交出来，交出来，马上交出来。帕拉什卡，把这两把剑拿到贮藏室里去。彼得·安德烈伊奇！我可没想到你竟会干出这种事来。怎么不害臊！阿列克赛·伊凡内奇倒也罢了，他是因为杀人才给开除出近卫军的，他连上帝也不信；可你呢？你也要学他的样吗？"

伊凡·库兹米奇完全同意夫人的话，还补充了几句："你好好听着，司令太太说得对。决斗是军法上明文绝对禁止的。"这时，帕拉莎把我们的剑收去，送到贮藏室。我忍不住笑了起来。施瓦勃林仍旧傲慢地站着。"虽然我非常敬重您，"他冷冰冰地对司令夫人说，"但我不得不告诉您，您这样为我们操心，处罚我们，是没有用的。把这件事情交给伊凡·库兹米奇，这是他的事。""哦！我的爷！"司令夫人反驳道，"难道夫妻不是共一个灵魂，共一个肉体？伊凡·库兹米奇！你还傻站着干什么？马上把他们分别关起来，只给面包和水，让他们消消傻气；再让盖拉辛神父给他们进行宗教教育，叫他们求上帝饶恕，在大家面前认错。"

伊凡·库兹米奇不知道怎么办好。玛莎娜脸色煞白。暴风雨开始慢慢平静下来了。司令夫人气平了，逼着我们亲吻和好。帕拉莎也把剑拿来还给我们。我们表面上只能言归于好了，离开司令家里。伊凡·伊格纳季奇送我们出来。"您怎么不害臊？"我生气地对他说，"您答应过不向司令报告，结果却把我们告发了。""苍天在上，我可没有告诉过司令，"他回答道，"司令太太逼着我把这件事全说出来，她没有告诉司令就做主安排了。不过得感谢上帝，事情总算了结了。"说完这些话他就回家去了。剩下施瓦勃林和我两个人。"我们的事可不能就这么罢休，"我对他说。"当然另外，"施瓦勃林回答，"由于您的无礼，您必须付出血的代价。可是他们肯定会监视我们。我们还得装几天傻。再见！"于是我们若无其事地分手了。

回到司令那里，我照常坐在玛莎旁边。伊凡·库兹米奇不在家，司令太太正忙于家务。我跟玛莎轻声交谈着。她深情地嗔怪我，说我和施瓦勃林吵架，闹得大家都不安宁。"我听说你们要决斗，简直吓呆了。"她说，"男人都那么怪！为了一句过几天准会忘记的话，就要决斗，不仅要牺牲自己生命，并且准备牺牲良心，还有别人的幸福，这些人……不过我相信，吵架不是您挑起来的。准是阿列克赛·伊凡内奇不对。"

"您为什么会这样想呢，亲爱的玛莎？"

"是这么回事……他那么喜欢嘲笑别人！我不喜欢阿列克赛·伊凡内奇。我特别讨厌他。但是十分稀奇，不知为什么我却不希望他也那么不喜欢我。这让我苦恼。"

"但是，玛莎，你以为他究竟喜欢不喜欢您呢？"

玛莎一时说不出来，羞红了脸。

"我感到，"她说，"我想，他是喜欢我的。"

"为什么您有这样的感觉？"

"因为他向我求过婚。"

"求婚！他向您求过婚？什么时候？"

"去年。您来以前两个月。"

"您没有答应他吗？"

"您知道的。阿列克赛·伊凡内奇当然是个聪明人，出身好，又有钱，但是我一想到举行婚礼的时候要当众和他接吻……我怎么也干不了！无论谁给我多少好处！"

玛莎的话使我茅塞顿开，也使我清楚了许多费解的事情。我清楚施瓦勃林为什么要盯住她不放，老是对她恶语中伤，也对她家人诽谤。他似乎注意到我们彼此都有好感，竭力想要离间我们。引起我们吵架的那些话，现在我感到他更加卑鄙了，我看出，这并不是一些粗暴下流的嘲笑，而是蓄谋已久的诽谤。我要惩罚这个可耻的诽谤者的愿望更强烈了，于是我急切地等待着时机。

我并没有等待多久。次日，当我坐在那儿写一首哀诗，正咬着笔杆思考韵脚的时候，施瓦勃林来敲我的窗门。我放下笔，拿起剑向他走去。"干吗要拖延下去呢？"施瓦勃林对我说，"现在没有人监视我们。我们到河边去，在那里不会有人来妨碍我们的。"我们默默地走着。我们顺着陡直的小路走下去，在河边站住，拔出剑来。施瓦勃林的剑法比我娴熟，但是我比他更强壮、更加勇敢，并且当过兵的博普雷先生曾教过我几次剑术，现在我正好用得上。施瓦勃林没想到我是这么个难得应付的对手。我们斗了很长时间，一直不分胜负；后来我看出施瓦勃林气力渐渐不支，便抖擞精神，加紧向他进攻，快要把他逼近河里去。突然有人在大声叫我的名字。我回头一看，只见萨维里奇正从高高的小路上奔下来……就在这个时候，我右肩下面的胸部被狠狠地刺了一剑；我倒下去，不省人事了。

第五章 爱情

啊，姑娘，美丽的姑娘！

姑娘，你年纪还轻，别出嫁！

你要问问父亲和母亲，

问问父亲、母亲和亲人；

姑娘，你要积聚聪明和理智，

积聚聪明、理智和嫁妆。

——民歌

你要找到比我好的，就把我忘记。

你要找到比我差的，就把我想起。

——民歌

　　清醒以后，我有好长时间还搞不清是怎么回事，不知道发生了什么事情。我躺在一个陌生房间的床上，感到身体相当虚弱。萨维里奇手持蜡烛站在我面前。有个人在小心翼翼地解开扎在我胸口和肩膀上的绷带。我的头脑慢慢清楚了。我想起决斗的事，清楚我是受伤了。

这时门吱地响了一声。"怎么样？他怎么样了？"一个声音轻轻地问道，我听见这个声音，浑身哆嗦了一下。"还是老样子，"萨维里奇叹了一口气，回答。"一直昏迷不醒，已经第五天了。"我想翻个身，但动弹不了。"我在哪里？谁在这儿？"我吃力地说。玛莎走到我床前，向我俯下身子。"怎么样？您现在感到怎么样？"她说。"荣耀归于上帝，"我用微弱的声音回答，"是您吗，玛莎？告诉我……"我没有力气说下去，只好望着她。萨维里奇叫了一声，脸上显出快活的神色。"醒过来了！醒过来了！"他一再说。"荣耀归于你，主啊！哦，彼得少爷！你真把我吓坏了！第五天了，这日子可不好过？……"玛莎打断他的话。"不要和他多说话，萨维里奇，"她说，"他现在仍很虚弱呢！"她走出去，轻轻关上门。我心里十分激动。这么说，我是在司令家里，玛莎常来看望我。我想问萨维里奇几个问题，但是老头子摇摇头，把耳朵掩起来。我失望地闭起眼睛，立刻就昏昏沉沉地睡去了。

我醒来，叫萨维里奇过来，但是我却看见面前站着玛莎；她用天使般的声音向我问候。我说不出这时我心里有多么甜蜜。我抓住她的手，把脸贴在她手上，流下了眼泪。玛莎没有把手抽回去……突然，她的嘴唇在我脸上亲了一下，我觉得了她那热烈而柔情地亲吻。一股暖流传遍了我的全身。"亲爱的善良的玛莎，"我对她说，"做我的妻子，答应我的求婚吧。"她醒悟了过来。"看在上帝的面上，您安静一点吧，"她抽回手，说。"您还没有脱离危险：伤口会裂开的。哪怕为了我，您也要好好保重。"她说完就走了，留下我一个人沉浸在令人陶醉的欢乐中。这种幸福感给了我力量。她是我的！她爱我！我头脑里想到的只有这一点。

从那时起，我的身体愈来愈好了。团里派来一个理发师来为我治伤，因为要塞里没有别的医生，并且要感谢上帝的是，他并没有自作聪明乱治病。青春和天性加速了我的复原。司令全家都来照顾我。玛莎寸步不离地守着我，不用说，只有机会我就继续向她表白，而玛莎也比以前更耐心地听我说。她一点都没有扭捏作态，老实地向我承认她对我的由衷的好感，而且说她的双亲对她的婚事当然会十分快活。"不过你得好好想一想，"她补充说，"你父母那方面会不会同意。"

我沉思起来。我不怀疑母亲的爱，但父亲的脾气和思想方法我是了解的，我感到我的爱情不会怎么感动他，他会把我的爱情看作青年人的一时冲动。我诚恳地向玛莎承认这一点，可是我决定写信给父亲，要写得十分有说服力，请求双亲的祝福。我把信拿给玛莎看，她认为这封信写得既有说服力又动人，一点也不怀疑它会取得成功，于是她满怀着对青春和爱情的信心，沉醉在甜蜜的情意之中。

在我复原后的最初几天里，我就和施瓦勃林言归于好了。伊凡·库兹米奇责备我不该和施瓦勃林决斗，他对我说："唉，彼得·安德烈伊奇！我本来应该把你关禁闭，但是你已经受到惩罚了。而阿列克赛还是让我关在谷仓里，他的剑也锁在华西丽莎·叶戈罗夫娜那里。让他好好想一想，悔过悔过。"我觉得十分幸福，心里便不再怀有敌意了。我为施瓦勃林求情，而善良的司令在取得夫人同意之后，便决定把他放出来。施瓦勃林来找我，对我们之间发生的事情深表歉意，承认全是他的错，请求我忘掉过去的事。

我天生不喜欢记仇，对他挑起这场吵架和把我刺伤这件事也就从心底里原谅了。我也看到，他之因此要诽谤玛莎，是由于他的自尊心受到伤害，爱情受到拒绝，心里苦恼，所以我原谅了这个不幸的情敌。

不久我就完全复原，能够搬回我的住所去了。我焦急地等待着回信，我不敢抱什么希望，而且竭力抑制着悲哀的预测。我还没有同司令夫人和她的丈夫谈过这件事，可是我的求婚想必不会使他们觉得意外。不管是我还是玛莎，从没在他们面前过分掩饰自己的感情，我们早就坚信他们会同意。

有天早晨，萨维里奇终于拿着一封信进来找我。我发抖着把信夺过来。信封是父亲亲手写的，这就预示着问题的严重性；因为信一般都是母亲写给我的，父亲只是在信末附带写几句。我久久不敢拆开信封，而且一遍又一遍地读着信封上那几行郑重其事写上去的字："我儿彼得·安德烈伊奇·格里尼奥夫收，寄奥伦堡省白山要塞。"我竭力根据笔迹猜测父亲写这封信时的心情。我终于下定决心拆开信，从头几行上我就看见这件事完蛋了。信是这样写的：

"彼得我儿：你要求我们祝福并同意你和玛莎·米罗诺娃结婚的来信，我们于本月十五日收到。我非但不会祝福和同意你的婚事，并且还得好好收拾你，同时为了你的胡闹，还必须把你作为一个不懂事的孩子好好教训一顿，虽然你已当上了军官。因为你已经证明了你还不配佩带这把剑，它是赐给你保卫祖国的，而不是让你用来同这种和你一样胡闹的人决斗。我将马上写信给安德烈·卡尔洛维奇，请求他把你从白山要塞调往更远的地方，在那里你该不致如此胡闹。你母亲得知你与人决斗和负伤，忧伤成疾，至今还卧病在床。你能有何出息？我求上帝使你得以改正，尽管我不敢企望他赐予我如此巨大的恩典。

你的父亲安·格

读着这封信，我心里百感交集。父亲毫不留情面地使用了那些残酷的措施，这使我觉得极为委屈。他提到玛莎时的那种轻蔑的口气，我感到既不礼貌又不公正。一想到把我从白山要塞调出去，我就觉得十分害怕；但最使我悲伤的还是母亲生病的消息。我特别生萨维里奇的气，毫无疑问，我决斗的消息一定是他通给我的双亲的。我在狭小的房间里走来走去，终于在他面前站住，狠狠地瞪了他一眼，对他说："看来，你害我受了伤，让我在死亡的边缘上挣扎了整整一个月，还不满意，你还想害死我母亲。"这话就便像当空的霹雳一样，使萨维里奇吃惊得目瞪口呆。"你饶了我吧，少爷，"他几乎要哭出来，说，"你这是说的什么呀？是我害你受伤！上帝看得见的，我是跑来用自己的胸膛挡住阿列克赛·伊凡内奇的剑，免得你受伤的！该死的是我年纪大，不中用。可我对你母亲又怎么啦？""你怎么啦？"我回答。"是谁叫你告我的状的？难道是派你到我这儿来当奸细的吗？""我？是我告了你的状？"萨维里奇含泪回答。"主啊，天上的君王！请你看看这封信吧，看看老爷给我写了些什么：你会看到我是怎么告你的状的。"这时他从口袋里掏出一封信，信是这样写的：

"老狗，你应该害臊，你竟无视我的严厉命令，不把我孩子彼得的情况及时向我报告，致使旁人不得不把他的胡闹转告于我。你是这样履行自己的职责和执行主人的命令的吗？由于你隐瞒真情和放纵年轻人，我要送你这条老狗去养猪。收到此信后，我命令你马上回信，向我报告他目前的健康状况（已有人写信给我，说他身体已复原）；他伤在何处，是否已得到良好医治。"

显然，萨维里奇是无辜的；而我却责备他、怀疑他，使他平白无故遭受委屈。我请求他原谅，而老头却无法抑制他内心的伤心。"瞧我落到什么样的境地啦，"他反复说，"瞧我得到主人的什么恩惠了！我又是老狗，又是猪倌，又是我害你受了伤！不，彼得·安德烈伊奇少爷！罪魁祸首不是我，而是那个该死的法国先生：他教你用铁叉子刺人和冲杀，似乎这样刺人和冲杀就能够防备坏人似的！犯得着花钱去雇这么个法国先生吗？”

然而，到底是谁会费心把我的行为告知父亲呢？是将军吗？但是他似乎不太关心我；而伊凡·库兹米奇也不会认为有必要向父亲报告我决斗的事。我猜不出。于是我怀疑这是施瓦勃林干的。告状只有对他一个人有利，这样做就能够把我从要塞调开，断绝我和司令一家的关系。我到玛莎那里去，想把这件事告诉她。她在门口遇到我。“您这是怎么啦？”她看见我，说，“您的脸色这么苍白！”“全完了！”我边回答边把父亲的信递给她。现在轮到她脸色发白了。她读完信，用发抖的手把信还给我，声音发颤地说：“看来是我命苦……您的亲人不愿接受我到你们家里去。一切都听从上帝安排吧！上帝比我们更明白应该怎么办。没有办法，彼得·安德烈伊奇；也许您会得到幸福……”“这不可能！”我抓住她的手大声说，“你爱我，为了你我不惜赴汤蹈火。我们走，跪到你的双亲面前；他们都是心地善良的人，不是那种铁石心肠、目空一切的人……他们会给我们祝福的；我们立刻就结婚……以后，过一些时候，我相信，我们能够恳求我父亲；妈妈会赞成我们的，父亲也会宽恕我……”“不，彼得，”玛莎回答，“没有你的双亲给我们祝福，我可不能嫁给你。没有他们的祝福，你是不会得到幸福的。我们还是听从上帝的意旨吧。你如果找到未婚妻，那就让上帝保佑你，彼得；那时我会为你们……"说着，她哭了起来，转身走了。我本想跟她一起到房间里去，但又感到我无法约束住自己，便回家了。

我坐在家里沉思默想，突然萨维里奇打断了我的思路。"少爷，你看，"他递给我一张写满字的纸，说，"你看看，是不是我告了少爷的状，是不是我挑起你们父子俩不和？"我从他手里接过那张纸，这是萨维里奇的回信。信是这样写的：

"安德烈·彼得罗维奇老爷，

我们的慈父：

我收到您仁慈的来信，在信中您对我，您的奴仆极为生气，说我没有好好执行主人的命令，应该害臊。我不是一条老狗，而是您忠实的奴仆，我听从主人的命令，并一直尽心竭力服侍您，直到白了头发。关于彼得少爷受伤一事，我未曾写信禀告，是因为怕惊动您；听说主母阿芙多季亚·华西里耶夫娜太太受惊病倒，我为她的健康祷告上帝。少爷伤在右肩，在胸口骨头下面，深一寸半；他住在司令家里，是我们把他从河岸上送到那里去的，给他治伤的是这里的理发师斯捷潘·帕拉莫诺夫；荣耀归于上帝，眼下少爷已经痊愈，他的情况再好也没有了。听说长官们都十分喜欢他，华西丽莎·叶戈罗夫娜待他像亲儿子一般。至于他发生这种意外，就既往不咎吧，俗话说：马有四只脚，不免要跌跤。至于您说要送我去养猪，我完全听从主人的嘱咐。为此下人谨向您磕头。

您的忠心奴仆

阿尔希普·萨维里耶夫"

读着这个善良老人的信，我好几次忍不住笑了起来。我没有心思给父亲回信，要安慰母亲，萨维里奇的信已经足够了。

从那个时候起，我的处境发生了变化。玛莎几乎不和我说话，而且千方百计回避我。司令家里对我来说已经没有多大意思了。我慢慢习惯于独自坐在自己屋里。起初华西丽莎·叶戈罗夫娜为这件事责备我，但看到我这么固执，也就不再多说。和伊凡·库兹米奇见面，只是出于军务的需要。和施瓦勃林也难得见面，即使见面也相当不愉快。我还发现他对我十分仇视，这证实了我对他的怀疑。生活变得难以忍受。我变得沉默寡言、愁眉不展，而孤独和无所事事更加剧了我这种情绪。在孤独中我心中的爱情变得更强烈，使我愈来愈悲痛。我失去了对阅读和文学的兴趣。我意气尽失。我害怕会发疯或者堕落。可是一个对我一生发生了重大影响的意外事件，突然强烈地震荡了我的心灵，这种震荡对我是有益的。

第六章　普加乔夫叛乱

年轻的小伙子们请注意，

听我们这些老人讲故事。

——歌谣

　　在我开始描绘这个我亲身经历的奇遇以前，我要先谈谈一七七三年底奥伦堡省的情形。

　　这个辽阔富饶的省份居住着不少半开化的民族，他们是不久前才接受俄国皇帝的统治的。由于他们常常作乱，不习惯于法律的约束和文明生活，总是轻举妄动，残酷杀戮，政府不得不时刻监视着他们，让他们服从政府的法度。在一些适当的地方设立了要塞，那里居住的大多是早就在雅依克河两岸定居的哥萨克。可是负责维持这个地方治安的雅依克河哥萨克从某些时候起，自己也成了常常骚乱的危险臣民。一七七二年在他们的首府发生过一次叛乱。之因此发生叛乱，是由于特劳本贝格少将为了约束军队，采取了一些严厉的措施。结果特劳本贝格被野蛮杀害，指挥部被任意撤换，最后动用了大炮和严厉的惩罚才把这次暴动平定下去。

这件事是在我到达白山要塞前不久发生的。一切都已平静了，至少给人的感觉是这样。政府太轻信那些狡诈的乱民所做的假忏悔，这些人仍在暗中作恶，等待适当的时机，以便重新作乱。

现在言归正传。

一天晚上（那是一七七三年十月初），我正独自坐在屋里听着秋风的呼啸，从窗口上看着从月亮旁边飞卷而过的乌云，司令派人来叫我。我马上去见他。我看见在座的有施瓦勃林、伊凡·伊格纳季奇和哥萨克军士。华西丽莎·叶戈罗夫娜和玛莎都不在。司令忧心忡忡地和我打了招呼。他关上门，除了站在门旁的哥萨克下士，他让我们都坐下，并从口袋里拿出一张纸来，对我们说："军官先生们，有重要消息！你们听一听将军信里写了些什么。"这时他戴上眼镜，读起信来：

机密。

白山要塞司令米罗诺夫上尉先生：

兹有要事通知如下：查顿河哥萨克、分裂派教徒叶美里扬·普加乔夫自越狱后竟大胆僭称先帝彼得三世名号，纠集匪帮，于雅依克各村作乱，现已攻占并捣毁要塞数座，所到之处劫掠杀戮，无恶不作。为此，着您上尉先生于接信后马上采取必要措施，以备击退上述恶徒及僭称为帝者窜犯，如该犯进犯您处，即予彻底消灭。

"采取必要措施！"司令摘下眼镜，折好信纸说。"你看说得多轻巧。看来那个强盗相当厉害。可我们只有一百三十个人，不算哥萨克，因为他们靠不住，不是指你，马克西梅奇（军士笑了笑）。但是没有别的办法，军官先生们！请大家各司其职，安排好放哨和夜间巡逻；他们倘若来进犯，你们就关紧大门，把士兵带出去。你，马克西梅奇，好好看住你那些哥萨克。大炮要检查一下，好好擦一擦。最重要的是要严守秘密，不要让要塞里的任何人事先知道这件事。"

伊凡·库兹米奇下了这些命令之后，便让我们离开。我和施瓦勃林一起走出来，议论着刚才听到的事情。"你认为这件事会有个什么结局呢？"我问他。"天知道，"他回答，"走着瞧吧。我看暂时还不太严重。如果……"这时他思索起来，心不在焉地用口哨吹着一首法国歌剧的咏叹调。

虽然我们采取了一切预防措施，普加乔夫作乱的消息还是传遍了整个要塞。伊凡·库兹米奇虽然十分尊重他的夫人，却不管如何不肯向她公开由于职务上的关系交给他的秘密。收到将军的信以后，他相当巧妙地把华西丽莎·叶戈罗夫娜支开，对她说，盖拉辛神父似乎从奥伦堡听到了什么惊人的消息，却又对此严守秘密。华西丽莎·叶戈罗夫娜马上就想到神父夫人那里去做客，遵照伊凡·库兹米奇的建议，她还带上了玛莎，免得她一个人在家里寂寞。

这一下伊凡·库兹米奇完全能够当家做主了，他立刻派人去找我们。他还把帕拉莎关在贮藏室里，免得她偷听我们的话。

华西丽莎·叶戈罗夫娜从神父夫人那里没有打听到什么消息，她回来以后听说在她外出时伊凡·库兹米奇召集了会议，帕拉莎还给关了起来。她清楚上了丈夫的当，便去质问他。可是伊凡·库兹米奇早有准备。他一点也不觉得为难，马上爽快地回答他那好奇的夫人："我跟你说，孩子他妈，我们这儿的娘儿们想要用干草生火炉，这可要闯大祸，所以我下了一道严厉的命令，以后不许娘儿们用干草生炉子，只能用楔树枝。""那你干吗要把帕拉莎关起来？"司令夫人问道。"我们不在的时候，为什么要把这可怜的姑娘关在贮藏室里？"对这个问题伊凡·库兹米奇却毫无准备，他答不上来，只是支支吾吾不知说了些什么。华西丽莎·叶戈罗夫娜看出丈夫在捣鬼，可也知道从他那里什么也问不出，便不再问他，而说起了阿库利娜·潘菲洛夫娜用一种十分特别的方法腌黄瓜的事情。华西丽莎·叶戈罗夫娜整夜都睡不着，她怎么也想不出丈夫的头脑里到底有些什么她不应知道的事情。

次日，她做完礼拜回来，看见伊凡·伊格纳季奇正从大炮里清除出不少破布、石子、木片、骨头和各种垃圾，这都是孩子们塞进去的。"这些军事上的准备到底为了什么？"司令夫人想道。"该不是为了迎击吉尔吉斯人的进攻吧？但是这种小事情伊凡·库兹米奇也要瞒着我吗？"她喊来伊凡·伊格纳季奇，决心要他说出这个秘密，因为这个秘密折磨着她那妇人家的好奇心，使她难受至极。

华西丽莎·叶戈罗夫娜和他谈了一些家务事，像一个法官那样，从一些无关的问题开始他的审讯，让被告首先解除戒心。然后，她沉默了几分钟，长叹一声，摇摇头说："我的上帝啊！瞧这种消息！结果不知道会怎么样？"

"唉，夫人，"伊凡·伊格纳季奇回答。"上帝是仁慈的：我们有足够的兵，有许多火药，大炮我也擦干净了。我们也许会打退普加乔夫的。上帝不会骗人，猪不会吃人！"

"这个普加乔夫是个什么人？"司令夫人问道。

这时伊凡·伊格纳季奇才发现他说溜了嘴，便赶快刹住话头，但已经来不及了。华西丽莎·叶戈罗夫娜逼着他把一切都说出来，向他保证不告诉任何人。

华西丽莎·叶戈罗夫娜遵守自己的诺言，对谁也没有说过一个字，只有神父夫人是例外，因为神父夫人的牛还放牧在草原上，可能会被强盗抢去。

一会儿工夫，大家都谈起普加乔夫的事来了。传说是各种各样的。司令派哥萨克军士到邻近各村各要塞去仔细打听情况。两天后军士回来了，他报告在离要塞六十里外的草原上看到不少火光，而且听到巴什基尔人说，有一支不知什么军队朝这里开来了。不过，他也说不出什么可靠的消息，因为他不敢再往前走。

要塞里的哥萨克情绪激动，明显不同往常。在所有的街道上，他们三五成群，窃窃私语着，一看到龙骑兵或驻军的士兵便马上散开。派了一些便衣到他们当中去。归了正教的卡尔梅克人尤莱给司令送来了重要情报。据尤莱说，下士报告的情况是假的。这个狡诈的哥萨克回来以后就对他的同伙说，他到暴徒那里去过，见过他们的首领，那首领还让他吻了手，跟他谈了不短一段时间。司令马上把下士抓起来，委任尤莱接替他的位置。哥萨克们听到这个消息，都明显地表示不满。他们大声发牢骚，伊凡·伊格纳季奇去执行司令的命令，亲耳听见他们说："等着瞧吧，你这个驻军的小丘八！"司令本想当天审讯犯人，但是下士却逃跑了，八成是他的同伙把他救出去的。

新的形势使司令更加不安。捉住了一个散发传单的巴什基尔人。为此司令想要再次召开集军官开会，他想找一个合情合理的借口支开华西丽莎·叶戈罗夫娜。但是伊凡·库兹米奇是个十分忠厚老实的人，除了用过的方法，再也找不到别的办法了。

"我跟你说，华西丽莎·叶戈罗夫娜，"他干咳着对她说，"听说普拉辛神父从城里……""别再胡说了，伊凡·库兹米奇，"司令夫人打断他的话说，"你貌似又想开会，趁我不在，讨论叶美里扬·普加乔夫的事啦。这一次你可骗不了我！"伊凡·库兹米奇瞪大眼睛。"那好吧，孩子他妈，"他说，"既然你都知道了，那就留下吧。我们就当着你的面讨论。""这就对了，我的老爷，"她回答，"你要不了花招，派人去请军官们吧。"

我们又一次集合在一起。伊凡·库兹米奇当着妻子的面向我们宣读了一份由一个识字不多的哥萨克所写的普加乔夫的檄文。这个强盗宣布要马上进攻我们的要塞；号召哥萨克和士兵参加他们那一伙；告诫军官们不要反抗，否则将处以死刑。檄文的措辞粗暴而强硬，对一般平民百姓可能会产生十分危险的影响。

"好一个强盗！"司令夫人嚷嚷起来。"竟敢给我们出主意！要我们出去迎接，把军旗放到他的脚下！这个狗崽子！他难道不知道，我们在这里服务了四十年，荣耀归于上帝，什么世面都见过了？难道会有这种顺从强盗的军官吗？"

"看来还不至于吧，"伊凡·库兹米奇回答。"可是，据说那个强盗已经攻占好多要塞了。"

"现在看得出他是相当厉害的，"施瓦勃林说。

"我们立刻就会看到他有多厉害，"司令说。"华西丽莎·叶戈罗夫娜，把谷仓的钥匙给我。伊凡·伊格纳季奇，把那个巴什基尔人带来，叫尤莱把鞭子拿来。"

"等一等，伊凡·库兹米奇，"司令夫人站起来，说。"让我把玛莎带走，要不，她听见叫声会吓坏的。并且，老实说，我也不喜欢看这种审讯的场面。祝你们顺利。"

古代在审讯中酷刑已成了根深蒂固的习惯，因而那道取消肉刑的仁慈命令还是久久未能执行。人们以为罪犯的亲口供词对于充分揭露他的罪行是必要的——这种想法不仅没有根据，甚而是完全违反正常的法律概念的：因为，倘若说被告的否认不能作为他无罪的证据，那么被告的供词更不能成为他有罪的证据。甚至到了现在，我还常常听到一些老法官对取消这种野蛮的习惯表示遗憾。在我们那个时代，无论是法官还是被告都不怀疑肉刑的必要性。所以我们当中任何人对司令的命令都不觉得稀奇，也不觉得不安。伊凡·伊格纳季奇去提那个被司令夫人锁在谷仓里的巴什基尔人，过了几分钟，囚犯被带到前厅。司令嘱咐把他带进来。

巴什基尔人费力地跨过门槛（他戴着脚镣），摘下的帽子，站在门旁。我朝他看了一眼，不禁哆嗦了一下。我永远不会忘记这个人。他看样子已有七十开外，没有鼻子和耳朵。他的头发被剃光，没有大胡子，只长着几根白胡须。他身材矮小瘦削，躬着背，细细的眼睛却还炯炯有神。"嘿嘿！"司令从他那可怕的样子认出他是一七四一年受刑的暴徒，对他说，"看得出你是一头老狼了，在我们的兽笼里待过。看来你已经不是第一次造反，因为你的脑门已经剃得那么光。走过来一点，是谁派你来的？"

老巴什基尔人一言不发，做出一点也听不懂的样子瞧着司令。"你干吗不说话？"伊凡·库兹米奇继续问，"你一点也不懂俄罗斯话吗？尤莱，用你们的话问他，是谁派他到我们要塞来的。"

尤莱用鞑靼话把伊凡·库兹米奇的问题对他重说了一遍。但巴什基尔人仍旧用那副表情望着他，一个字也没有回答。

"好吧，"司令说，"我要叫你说话。孩子们！剥掉他那件怪异的条纹长袍，抽他的背。尤莱，好好收拾他！"

两个残废士兵跑过来剥巴什基尔人的衣服。那个可怜的老人脸上露出非常惊慌的神色。他像一头被猎人们逮住的小兽那样往四下里瞧着。一个残废士兵抓住他的双手，把这双手放在自己的脖子两旁，用肩膀把他抬起来，尤莱拿起鞭子抽了一下，巴什基尔人发出一种微弱、恳求的声音，叫了一声，点着头，张开嘴巴，那里面没有舌头，只有一截短短的舌根在微微活动着。

我一想起这件事是发生在我年轻的时候，而现在我已经活到亚历山大皇帝仁慈的统治时代，文明这么快就取得了胜利，博爱的原则传播得那么广泛，我就不能不觉得惊奇。年轻人！倘若我的回忆录落到你的手里，那你就要记住，那种从移风易俗出发、不通过暴力行动产生的变革才是最好最牢固的变革。

大家都吃了一惊。"算了吧，"司令说，"看来从他身上是什么也得不到的。尤莱，把这个巴什基尔人送回谷仓去。先生们，我们再议论议论。"

我们议论起当前的局势。突然，司令夫人上气不接下气、惊慌失措地跑进来。

"你怎么啦?"司令吃惊地问道。

"先生们,糟了!"华西丽莎·叶戈罗夫娜回答。"下湖要塞今天早上失守了。盖拉辛神父家的长工刚刚从那里回来。他亲眼看见要塞是怎么失陷的。司令和军官都被绞死,所有的士兵都被俘虏。眼看强盗们就要到这里来了。"

这个意外消息使我大为吃惊。下湖要塞的司令是个文雅懦弱的年轻人,我认识他:两个月前他带着年轻的妻子从奥伦堡出来,在伊凡·库兹米奇这里逗留过。下湖要塞距我们这里约莫二十五里路。普加乔夫随时都会向我们进攻。玛莎的命运十分明白地显现在我面前,我的心简直要停止跳动了。

"伊凡·库兹米奇,您听我说!"我对司令说。"我们的职责是保卫要塞,直到最后一口气。这一点是不用多说的。可是应该考虑妇女们的安全。如果路上还太平,就把她们送到奥伦堡或者强盗一时打不到的更远更安全的要塞去。"

伊凡·库兹米奇转身对妻子说:"孩子他妈,你听见吗?真的,在我们还没有打败这些暴徒之前,要不要把你们送到远一点的地方去?"

"真是废话!"司令夫人说。"哪儿有子弹打不到的要塞?我们的白山要塞怎么靠不住?荣耀归于上帝,我们在这里住了二十二年了。巴什基尔人和吉尔吉斯人我们都见过,也许我们也能避过普加乔夫的!"

"唉，孩子他妈，"伊凡·库兹米奇不同意她的说法，"你如果相信我们的要塞，那你就留下。可玛莎怎么办？如果我们守住要塞或者等到援兵，那倒好；但是万一强盗们攻下要塞，那可怎么办？"

"那时，那时……"司令太太一时答不上来，焦急万分，哑口无言。

"不，司令太太，"司令看到他的话也许是有生以来第一次起了作用，就继续说，"玛莎不能留在这里。送她到奥伦堡她的教母那里去：那里有足够的军队和大炮，城墙是石头造的。并且我还是劝你跟她一起到那里去。虽然你是个老太婆，如果要塞给打下，你想想那时会怎么样。"

"好吧，"司令夫人说，"就这样吧，把玛莎送走。可做梦也不要来求我，我不走。我这么大年纪了，用不着再和你分别，一个人去死在外乡。我们活在一块儿，也死在一块儿。"

"这样也好，"司令说。"就这样，去准备准备，让玛莎上路。明天天亮前就送她走，还得派人送她去，尽管我们这里并没有多余的人。可玛莎在哪里？"

"在阿库利娜·潘菲洛夫娜家里，"司令夫人回答。"她听说下湖要塞失守，觉得不舒服；我怕她会生病。主啊，我们的命为什么这么苦哇！"

司令太太去张罗送走女儿的事。司令继续说下去，我没再打断他，也没听着他。玛莎来吃晚饭的时候脸色苍白，哭成个泪人儿。我们在司令家默默地吃晚饭，比平时更快地离开餐桌，和他们全家告别，各自回屋里去。但我故意忘了拿剑，又回去拿：我预测到一定会遇到玛莎单独一个人。果然，她在门口迎接我，把剑递过来。"再见吧，彼得·安德烈伊奇！"她含泪对我说。"他们要送我到奥伦堡去。祝您平安、幸福。也许上帝会让我们再见面，如果不……"说着她哭出声来。我抱住她。"再见吧，我的宝贝，"我说，"再见吧，我亲爱的，我亲爱的人！无论我发生什么事情，请你相信，在最后一息我想到的一定是你，最后的祷告也是为你做的！"玛莎偎依在我胸前，放声大哭。我热烈地吻了她一下，便急忙从房间里走出去。

第七章　进　攻

> 我的首领，可敬的首领，
>
> 我这士兵的首领！
>
> 我这首领服务了
>
> 正好三十又三年。
>
> 哦，我可敬的首领，
>
> 没有得到好处和安闲，
>
> 没有听到好话和赞扬，
>
> 也没有得到显赫的官衔。
>
> 我的首领得到的只有
>
> 两根高高的柱子，
>
> 一根槭木的横梁，
>
> 还有一个光滑的绳圈子。
>
> ——民歌

这一夜我没有睡觉，也没有宽衣。我打算天亮时到要塞大门那里去，玛莎必须从那里起程，我能够在那里和她最后告别。我感到内心发生了极大的变化：我心里的紧张不如不久前的愁闷那样使我悲痛。一种模模糊糊却又甜丝丝的希望、对危险的急切等待以及高尚的荣誉感在我心中同离愁交织在一起。夜不知不觉地过去了。我正准备出门，房门却突然打开了。伍长来向我报告，说我们这儿的哥萨克夜里劫走尤莱，冲出要塞，要塞附近还有一些陌生人骑着马跑来跑去。我一想到玛莎没来得及跑掉，就不寒而栗；我匆匆对伍长嘱咐几句，便马上往司令家奔去。

天已经亮了。我在街上飞奔着，突然听到有人在喊我。我站住。"您上哪里去？"伊凡·伊格纳季奇追上我，说，"伊凡·库兹米奇在要塞围墙上，派我来找您。普加奇来了。""玛莎走了吗？"我提心吊胆地问道。"没来得及跑，"伊凡·伊格纳季奇回答，"通往奥伦堡的路被切断了；要塞被包围。情况十分危急，彼得·安德烈伊奇！"

我们往要塞围墙走去，那是一个天然高地，而且用木栅加固。要塞里的人全聚集在那里。驻军持枪站着。大炮昨天就拖到那里。司令在人数不多的队列前走来走去。迫在眉睫的危险使得这位老军人更加精神抖擞。离要塞不远的草原上有二十来个人骑着马往来奔驰着。他们看来是哥萨克，但其中也有些巴什基尔人，从他们的山猫皮帽子和箭袋上十分容易认出他们。司令在队伍跟前走了一遭，对士兵们说："孩子们，今天我们要保卫女皇陛下，而且向全世界证明，我们都是英勇而忠诚的战士！"士兵们齐声高呼，表示效忠。施瓦勃林站在我旁边，注视着敌人。在草原上奔驰的那些人看到要塞上的活动，便聚拢在一起商量。司令命令伊凡·伊格纳季奇把大炮对准那群人，亲自点燃导火线。炮弹咝咝地响着，从那群人头上飞过，没有造成任何伤亡。那些骑马的人马上分散跑掉，一会儿草原上便空无一人了。

这时司令太太到围墙上来了，玛莎不肯离开她，也跟着一起来。"怎么样？"司令夫人说，"仗打得怎么样？敌人在哪里？""敌人在不远的地方，"伊凡·库兹米奇回答。"上帝保佑，一切都会顺顺当当的。怎么，玛莎，你害怕吗？""不，爸爸，"玛莎回答，"一个人待在家里更可怕。"这时她瞧了我一眼，竭力装出笑容。想起昨天刚从她手里接过的这把剑，我不由得握紧剑柄，似乎要拿这把剑来保护我心爱的人。我的心燃烧着。我把自己想象成她的骑士。我渴望证明我是值得她信任的，而且迫切等待着决定的时刻。

这时离要塞半里路的高地上出现了一群新的骑兵，一会儿草原上便布满了不少持矛和弓箭的人。他们当中有个人穿着红袍骑着白马，手里拿着马刀，这便是普加乔夫。他勒马站住，不少人围着他，看来是根据他的命令，有四个人离开他全速飞驰到要塞跟前。我们认出他们是我们这儿叛变过去的士兵。其中一个拿着一张纸，把它举到帽子下面。另一个人枪尖上挑着尤莱的头，把它从围墙上掷过来。这个可怜的卡尔梅克人的头掉到司令脚边。叛徒们喊道："别开枪，出来迎接皇帝。皇帝在这里!"

"让我来教训教训你们!"伊凡·库兹米奇喊道。"孩子们,打!"我们的士兵一起开了枪。拿信的哥萨克晃了晃,滚下了马背,其余几个马上掉头往回跑。我瞧了瞧玛莎。看见尤莱血淋淋的头,听见枪声,她早已吓昏了。司令叫伍长把打死的哥萨克手上那封信拿来。伍长走到野地里,回来的时候把那死者的马也牵了回来。他把信交给司令。伊凡·库兹米奇低声把信念了一遍,然后把它撕成碎片。这时叛军显然准备采取行动了。一会儿子弹便咝咝响着从我们耳边飞过,还有几支箭扎进我们身旁的地上和围墙上。"司令太太!"司令说,"这不是娘儿们的事,把玛莎带走,你看这姑娘已经半死不活了。"

司令太太也被子弹吓呆了,她望了一眼草原,那里显然正在进行一场大规模的调动。她回过头去对丈夫说:"伊凡·库兹米奇,生死在天,给玛莎祝福吧。玛莎,到父亲这儿来。"

玛莎脸色苍白,浑身发抖,走到伊凡·库兹米奇跟前,向他跪下,俯伏在地。老司令给她画了三次十字,然后把她扶起来,吻了吻,用变了样的声音对她说:"玛莎,祝你幸福。向上帝祷告,他不会丢下你无论的。如果找到个好人,就让上帝赐给你们爱情与和睦。要像我和司令太太那样过日子。好吧,别了,玛莎。司令太太,快点把她带走吧。"玛莎扑到他身上,搂住他的脖子号啕大哭起来。"我们也接个吻吧,"司令夫人边哭边说。"别了,我的伊凡·库兹米奇。我如果有惹你生气的地方，就原谅我吧！""别了，别了，孩子他妈！"司令抱住他的老太婆说。"好吧，行了！走吧，回家去吧。如果来得及，就给玛莎换上一件普通的衣服。"司令夫人带着女儿走了。我目送着玛莎。她回过头看看我，向我点点头。这时伊凡·库兹米奇向我们转过身来，全部注意力集中在敌人身上。叛军都聚拢在他们的首领周围，突然都下了马。"现在都站好，"司令说，"敌人要进攻了……"这时响起了一阵可怕的嗯哨声和呼喊声，叛军向要塞冲了过来。我们的大炮装上了霰弹。司令让敌人跑到最近的距离时才突然开炮。霰弹落到人群正当中。叛军往两边跑开，稍微后退了一点。他们的首领独自留在前面……他挥动着马刀，看来，在热烈地鼓动他们……尖厉的嗯哨声和呐喊声停了一会儿又响起来。"好，孩子们，"司令说，"现在打开大门，擂鼓。孩子们！前进，跟我冲出去！"

司令、伊凡·伊格纳季奇和我刹那间就冲到要塞围墙外，可是那些胆怯的驻军却呆呆地站着，动也不动。"孩子们，你们怎么还站着？"伊凡·库兹米奇向他们喊道。"死就死，这是我们的天职！"这时叛军向我们冲来，涌进了要塞。鼓声停了。驻军都丢了枪；我被撞倒，但我又爬起来跟着叛军走进要塞。司令头部受伤，站在一群暴徒当中。他们向他要钥匙。我想跑去救他，但几个强壮的哥萨克捉住我，用腰带把我捆起来，说："你们这些反对皇帝的人，立刻叫你们知道厉害！"我们被拖到街上，居民们都拿出面包和盐。响起钟声。突然人群里嚷嚷起来，说皇帝在广场上等候俘虏，准备接受宣誓。人们都拥到广场上，我们也被赶到那里。

普加乔夫坐在司令家门口台阶上的圈椅上。他身上穿着绣有金银花饰的哥萨克大红袍。带金色璎珞的貂皮高帽子拉到他那闪烁着光芒的眼睛上。我感到他十分面熟。他身旁站着几个哥萨克首领。盖拉辛神父脸色苍白、浑身哆嗦着站在台阶旁边，手里拿着十字架，似乎在为那些即将牺牲的人默默地向他求情。广场上正在匆忙地竖起绞刑架。当我们走近的时候，一些巴什基尔人把老百姓驱散，把我们带到普加乔夫跟前。钟声静息了。场上没有一点声响。"哪一个是司令？"自封皇帝问道。我们那个军士从人群中走出来，指了指伊凡·库兹米奇。普加乔夫威严地瞧瞧老头子，对他说："你怎么敢反抗我，反抗你的皇上？"司令受了伤已经十分虚弱，他使尽最后一点力气，坚定地回答："你不是我的皇上，你是强盗，是假皇帝，你听见没有！"普加乔夫阴郁地蹙起眉头，挥了挥白手帕。几个哥萨克揪住老上尉，把他拖到绞架那里去。我们昨天审讯过的那个残废的巴什基尔人骑在绞架的横梁上。他手里拉着绳子，一会儿我就看见可怜的伊凡·库兹米奇给吊在空中了。接着把伊凡·伊格纳季奇带到普加乔夫跟前。"向彼得·费多罗维奇陛下宣誓吧！"普加乔夫对他说。"你不是我们的皇帝。"伊凡·伊格纳季奇重复着上尉的话回答说。"你这个老东西，是强盗，是假皇帝！"普加乔夫又挥挥手帕，这好心的中尉就给吊在老上司旁边了。

这一回轮到我了。我无所畏惧地瞧着普加乔夫，准备重复我那些正气凛然的同事的回答。这时我突然看见施瓦勃林剃着哥萨克式头发，穿着哥萨克长袍，也站在叛军的首领当中，我的吃惊是难以形容的。他走到普加乔夫身旁，在他耳旁说了几句话。"绞死他！"普加乔夫看也不看我一眼就说。我的脖子给套上了绞索。于是我默默地祈祷起来，向上帝真诚地忏悔我所有的罪孽，恳求他拯救我所有的亲朋。我被拖到绞架底下。"别害怕，别害怕，"暴徒们一再对我说，也许他们真的想要鼓励我。突然我听到一阵叫喊声："等一等，该死的！等一等！……"刽子手们住了手。我一看：萨维里奇俯伏在普加乔夫脚边。"我的亲爹！"我那可怜的老家人说。"杀了我们少爷对你有什么好处？放掉他，会送赎金给你的。如果为了警诫别人，你就叫他们绞死我这老头子好了！"普加乔夫示意了一下，他们立时就把我头上的绳子解开。"老爷子给你开恩了，"暴徒们对我说。这时我对于自己的得救说不出有多快活，但是也说不出有多遗憾。我心乱如麻。他们又把我带到僭皇跟前，逼着我向他跪下。普加乔夫向我伸出一只青筋嶙嶙的手。"吻他的手，吻他的手！"旁边的人对我说。但是我宁可接受最残酷的死刑也不愿受到这种卑鄙的侮辱。"彼得·安德烈伊奇少爷！"萨维里奇站在我背后，推推我，轻声对我说。"别固执啦！那又算得了什么？吐一口唾沫，吻那个强……（呸！）吻他的手吧。"我动也不动。普加乔夫放下手，冷笑着说："他老爷似乎是快活得昏了头了。扶他起来吧!"他们把我扶起来,放掉了。我就站在那里看着这出丑剧怎么演下去。

居民们都来宣誓效忠。他们一个个走过来吻十字架,然后向僭皇鞠躬敬礼。驻军的士兵也站在那里。连里的裁缝拿着一把钝剪刀给他们剪辫子。他们抖掉身上的头发,走过来吻普加乔夫的手,普加乔夫则宣布饶恕他们并接受他们入伙。这种仪式延续了近三个小时。最后,普加乔夫从圈椅上站起来,在其他首领陪同下走下台阶。叛军们给他牵来一匹备有豪华挽具的白马。两个哥萨克扶着他的手,帮他跨上马鞍。他对盖拉辛神父说要在他家里吃饭。这时传来了一个女人的喊叫声。几个强盗把头发蓬乱、一丝不挂的司令太太拖到台阶上来。其中有一个已经穿上她的背心。另一些人把羽毛褥子、箱子、茶具、衣服和所有的坛坛罐罐从她家里拖出来。"爷们!"可怜的老太婆喊道,"别再折磨我了。我的亲爹,把我送到伊凡·库兹米奇那里去吧。"突然她抬头看了看绞架,认出了丈夫。"强盗!"她疯狂地叫嚷起来。"你们就这样对待他?我的亲人伊凡·库兹米奇,士兵的勇敢的首领!普鲁士刺刀、土耳其子弹都没有伤害过你,在光荣的战斗里你也没有牺牲,现在却死在一个逃犯手里!""叫这老妖婆闭嘴!"普加乔夫说。这时一个年轻的哥萨克举起马刀朝她头上砍下去,她便倒下,死在台阶上。普加乔夫骑马走了,人群拥上去,跟在他后面。

第八章　不速之客

不速之客比鞑靼人还可恶。

——民谚

广场上人都走光了。我仍旧站在那里。看到这么多可怕的场面，我心里乱糟糟的，一时理不出个头绪。

最使我心焦的是不知道玛莎的情况。她在哪儿？情况怎么样？是不是藏起来了？她躲避的地方是不是可靠？……我心里充满各种可怕的想法，走进司令的家……屋子里空荡荡的，桌椅柜子全给砸坏，碗碟给打碎，财物都给抢光了。我登上通往正房的梯子，平生第一次走进玛莎的房间。我看见她那张被强盗们翻乱了的床，衣橱被砸坏，衣物被抢光，空神龛前面的长明灯还亮着。挂在两扇窗子当中墙壁上的小镜子还好好的……这间朴素闺房的主人到底在哪儿啊？我脑子里闪过一个可怕的念头：我想象着她落入强盗手里的情况……我的心揪紧了……我十分悲伤地哭起来，大声呼唤着我那心上人的名字……这时我听到一阵轻微的响声，帕拉莎从衣橱后面走出来，脸色惨白，浑身发抖着。

"啊，彼得·安德烈伊奇！"她两手一拍，说，"我们过的是什么日子啊！多么疯狂啊！……"

"玛莎呢？"我急不可待地问道，"玛莎怎么啦？"

"小姐没出事，"帕拉莎回答。"她藏在阿库利娜·潘菲洛夫娜家里。"

"在神父夫人家里！"我惊呼起来。"我的天哪！普加乔夫在那儿呢！……"

我奔出房间，刹那间就到了街上，我什么也没注意，什么也没感觉，心急慌忙地跑进神父的家。那里不断响起叫喊声、狂笑声和歌声……普加乔夫正在和他的同伙欢宴。帕拉莎也跟着我跑到那里。我叫她悄悄地把阿库利娜·潘菲洛夫娜请出来。过了一会儿，神父夫人手里拿着一个空酒瓶走进门廊里来见我。

"看在上帝面上告诉我！玛莎在哪里？"

我怀着无法表达的焦急心情问道。

"我那宝贝，她躺在我床上，在隔板后面，"神父夫人回答，"唉，彼得·安德烈伊奇，差一点出了乱子，还好，荣耀归于上帝，一切都顺顺利利地过去了：那强盗刚坐下来吃饭，我那可怜的姑娘就醒过来，呻吟了一声！……我真给吓呆了。他听见了，问我：'谁在这儿呻吟，老太婆？'我对那强盗深深鞠了一躬，回答说：'皇上，是我的外甥女生病了，躺下来两个礼拜了。''你的外甥女年轻吗？''还年轻，皇上。''老太婆，把你的外甥女领出来给我看看。'我的心几乎要跳出来，可是没有办法。'皇上容禀，这姑娘起不来，不能到这里来见你老人家。''不要紧，老太婆，我自己去看看。'这该死的家伙真的朝隔板走去，你想得到吗？他真的掀起帐子，用那老鹰般的眼睛瞧了一眼！结果倒没什么……上帝拯救了她！不知你相信不相信，那时候我和我那老头子已经准备去殉难了。幸好我那宝贝没有认出他来。主啊，我们真是盼到好日子啦！有什么好说的！可怜的伊凡·库兹米奇！谁想得到！……还有司令太太呢？伊凡·伊格纳季奇呢？他犯了什么罪？他们怎么会饶了你呢？但是施瓦勃林，阿列克赛·伊凡内奇又怎么样？他照哥萨克样子剃了头，这会儿正在我们这儿和他们一起大吃大喝呢！这个滑头，没什么可说的！而当我说到生病的外甥女时，信不信由你，他就这么瞧了我一眼，那目光像把刀子要把我刺穿似的。但是他没有说出来，这可得谢谢他。"这时响起了客人们醉醺醺的叫喊声和盖拉辛神父的声音。客人们要酒喝，主人在喊妻子。神父夫人着了忙。"你快回去吧，彼得·安德烈伊奇，"她说，"这会儿我可顾不上您了，强盗们在喝酒。如果落到酒鬼手里，那才倒霉呢。再见，彼得·安德烈伊奇。听天由命吧，也许上帝不会丢下我们无论的！"

神父夫人走了。我稍稍放心了一点，就回自己屋里去。走过广场的时候，我看见几个巴什塞尔人挤在绞架旁边，正从被吊死的人脚上拉下皮靴。我好容易压下满腔的愤怒，感到去打抱不平是没有用的。强盗们在要塞里跑来跑去，抢劫军官的家。到处响着喝醉的叛军的喊叫声。我回到家里。萨维里奇在门口迎接我。"荣耀归于上帝！"他看见我，喊了起来。"我以为那些强盗又把你抓去了呢。唉，彼得·安德烈伊奇少爷，你能相信吗？这些强盗把我们的东西全抢光了；衣服、被单、碗碟，一样也不剩。不过，可没想到，荣耀归于上帝，他们把你放回来了！少爷，你可认出那个首领？"

"没有，没有认出，那是谁呢？"

"怎么，少爷？你忘了那个在客栈里骗去你的皮袄的酒鬼吗？那件兔皮袄还是全新的，可这强盗就这样把它拆开绷在身上！"

我相当惊讶。普加乔夫和我那个向导真是像得出奇。我这才相信普加乔夫和他是同一个人，才清楚他为什么会放掉我。我不能不惊奇，天下竟有这样的巧事：一件送给流浪汉的小皮袄居然把我从绞索下拯救了出来，一个在客栈里游荡的酒鬼居然攻陷了好多个要塞，震撼了整个国家！

"你想吃点东西吗？"萨维里奇没有改变他的习惯，问道。"屋里什么都没有了，我去找找看，给你随便做点什么。"

剩下我一个人，我便沉思起来。我怎么办？留在被强盗占领的要塞或者追随这个匪帮，对于一个军官来说，都是不成体统的。我的天职要求我必须到我的职务所在，在目前困难的形势下还能对祖国有益的地方去……可是爱情强烈地要求我留在玛莎身边，保护她。尽管我预见到形势无疑会极快发生变化，可是一想到她的危险处境，我还是不寒而栗。

一个哥萨克跑来找我，打断了我的思绪。他通知我，"皇上要召见你。""他在哪里?"我问道，准备服从他的命令。

"在司令的住宅里，"哥萨克回答。"饭后老爷子去洗澡，这会儿在休息。老爷，从各方面看来，他是个贵人，他一顿饭吃了两只烤小猪；洗蒸汽澡的时候，烧得那么热，连塔拉斯·库罗奇金都吃不消，他把桦长帚交给福姆卡·比克巴耶夫，往身上浇了一桶冷水才好歹活了过来。没什么好说的，他的一举一动都那么威严……听说他在澡堂里让人家看了胸膛上的皇帝印记：一边是双头鹰，有一枚五戈比的硬币那么大，另一边是他自己的像。"

我认为没有必要和这个哥萨克争论，便和他一起到司令的住宅里去，预先想象着和普加乔夫见面的情景，竭力猜这次见面将会怎样结束。读者不难想象得出，当时我并不是特别冷静的。

我走到司令的住宅时，天已开始黑了。吊着死人的绞架黑糊糊地矗立着，令人毛骨悚然。可怜的司令夫人的尸体还瘫在台阶上，那里有两个哥萨克在守卫。带我来的那个哥萨克进去通报，一会儿就回来，把我带进我昨天还那么依依不舍地和玛莎告别的那个房间。

我的眼前出现了一幅不同寻常的景象：在铺着台布、放满酒瓶和酒杯的餐桌后坐着普加乔夫和十来个哥萨克首领，他们都戴着帽子，穿着花衬衫，由于喝了酒，个个都十分兴奋，脸上红通通的，眼睛闪耀着光芒。施瓦勃林和我们那个下士等新入伙的叛徒都不在里面。"哦，尉官先生！"普加乔夫看见我，说道。"欢迎光临，敬请就座，请赏脸。"在座的人挤紧了一点，腾出座位。我一言不发地坐在桌子边上。我的邻座，一个体格匀称、容貌英俊的年轻哥萨克给我斟了一杯酒，但是我碰都没有碰一下。我好奇地观察着这伙人。普加乔夫坐在首席，胳膊撑在桌子上，用那宽大的拳头支着长满大胡子的腮帮。他的容貌端正，特别讨人喜欢，一点也不显得残暴。他不时和一个五十岁光景的人谈话，有时称他伯爵，有时称他季莫菲伊奇，有时还尊称他大叔。他们彼此都以同伴相待，对自己的首领并不显得特别恭敬。他们谈到早晨的进攻，暴乱以来的胜利和今后的行动。每个人都自吹自擂，发表意见，毫无拘束地和普加乔夫争论。在这个古怪的军事会议上，大家一致决定要向奥伦堡进军：这个行动是大胆的，并且差一点取得成功——那简直是个灾难；这次进军宣布将在明天付诸行动。

"来吧，弟兄们，"普加乔夫说，"在睡觉之前，唱唱我那首心爱的歌吧。丘马科夫，唱吧！"我的邻座用他那尖细的嗓子唱起悲哀的纤夫之歌，接着大家一起唱起来：

别喧闹啊，亲爱的翠绿的橡树林，

不要打扰我这年轻的勇士的思绪。

明天在威严的法官——沙皇面前，

我这个年轻的勇士将要受到审判。

他这位沙皇老爷将要把我来审问：

你说，你说，你这个农民的孩子，

你和谁一起去偷窃，一起去抢劫，

和你一起去偷的还有多少个伙伴？

我对你说啊，亲爱的正教徒沙皇，

我把一切真情都对你老实来说明。

我那些亲密的伙伴一共只有四个：

第一次亲密的伙伴是漆黑的夜晚，

第二个亲密的伙伴是上等的宝刀，

第三个亲密的伙伴是我那匹好马，

第四个亲密的伙伴是我那张硬弓，

我派出的探子是那有钢尖的利箭。

那位亲爱的正教徒沙皇对我说道：

好哇，好哇，你这个农民的孩子，

你既然会偷盗抢劫，还善于回答，

孩子啊，我要好好地开恩奖励你：

在空地上给你盖一座高大的宫殿，

在那里竖起两根柱子和一根横梁。

这些注定要受绞刑的人所唱的关于绞架的民歌，在我心中激起的波澜是难以形容的。他们那严峻的神色、整齐的歌声，以及给那本来就相当动人的歌词增添上去的悲哀表情——这一切都以那诗歌的可怕力量震撼着我的心灵。

客人们又干了一杯，然后站起来和普加乔夫告别。我也想跟着走，但是普加乔夫对我说："坐下，我想和你谈一谈。"我们就面对面坐下了。

我们双方都沉默了几分钟。普加乔夫注视着我，偶尔眯起左眼，现出一种又是调皮又是嘲笑的怪异神情。他终于高兴地笑起来，连我也不知为什么，瞧着他，跟着笑了。

"怎么，尉官先生？"他对我说。"你老实说，我那些小伙子把绳子套在你脖子上的时候，你害怕了吗？我看，你似乎吓得魂不附体了吧……要不是你那个下人来说情，你早就在横梁上晃荡了。我一下子就认出那个老家伙。唔，你想到过没有，尉官先生，那个把你带到车店的人竟是皇上我本人（这时他摆出一副威严神秘的样子）？你对我犯了极大的罪，"他继续说，"不过由于你的恩德，由于是你在我不得不躲避敌人的时候给了我帮助，我宽恕了你。你将来还会看到的，难道只有这一点吗！如果我打下了天下，我还会好好地奖赏你的！你肯为我忠心服务吗？"

这个强盗的问题和他的无礼使我觉得十分滑稽，我忍不住笑了一笑。

"你笑什么？"他蹙起眉头问道。"你是不是不相信我是皇上？你老实回答我。"

我给难住了：承认这个流浪汉是皇帝，这我办不到：对我来说，这是不可饶恕的胆怯。如果当面说他是强盗，那我肯定要遭殃。并且当初我怒火中烧，当着全体民众的面在绞架下准备做出的一切，现在看来也不过是徒然逞英雄罢了。我犹豫不决。普加乔夫阴沉着脸等待我的回答。最后（至今我还十分自豪地记得这个时刻）我心中的责任感战胜了人类的弱点。我回答普加乔夫："好吧，我把真话都告诉你吧。你想想看，我能承认你是皇帝吗？你是个聪明人，你自己也会看出我是在耍滑头的。"

"依你看，我是什么人呢？"

"上帝知道。不过无论你是什么人，你是在做一种危险的游戏。"

普加乔夫迅速地瞥了我一眼。"这么说，你不相信我是彼得·费多罗维奇皇帝啰？"他说。"好吧，可是难道说勇敢的人就不会成功吗？难道说当年格里什卡·奥特烈皮耶夫就没有统治过国家吗？无论你把我看作什么人，你都不要离开我。其余的事情跟你有什么关系呢？谁当上神父，谁就是父亲。你忠诚地为我效劳，我就封你做元帅和公爵。

你看怎么样？"

"不，"我坚定地回答。"我是个世袭贵族，我向女皇陛下宣过誓，我不能为你效劳。你如果真正为我好，你就放我到奥伦堡去。"

普加乔夫沉吟了一下。"如果我放你走，"他说，"那你能不能至少答应我，以后不再反抗我？"

"这一点我怎么能答应你呢？"我回答。"你自己知道，这由不得我。他们如果叫我来反抗你，我只好来，毫无办法。现在你自己也是个首领，你也要求部下服从你。当需要我去尽职的时候，我却拒绝，这像什么话呢？我的头在你的手心里。你如果放了我，我谢谢你；你如果杀了我，上帝会审判你。我跟你说的都是实话。"

我的真诚感动了普加乔夫。"就这样吧，"他拍拍我的肩膀说，"罚归罚，赏归赏。随便你到哪儿去，随便你干什么吧。明天来和我告别，现在去睡觉吧，我也要睡了。"

我离开普加乔夫，走到街上。这是个无风而寒冷的夜。月亮和星星明亮地照耀着广场和绞架。要塞里安静而幽暗。只有小酒店里还亮着灯光，不时传来夜游浪子的叫喊声。我望了望神父的家。百叶窗和大门都关上了。里面似乎平安无事。

我回到住所，看见萨维里奇由于我不在正在发愁。我得到自由的消息使他快活得无法形容。"荣耀归于上帝！"他画着十字说，"明天天亮前我们就离开要塞，哪儿有路就往哪儿走；我已经给你随便做了点吃的。少爷，你吃一点，就安安稳稳一觉睡到早上，像睡在基督怀里一样。"

我听从他的劝告，津津有味地吃了晚饭，由于精神和身体都相当疲倦，在地板上一下子就睡着了。

第九章　离　别

> 可爱的姑娘，和你亲近
>
> 我心中有说不出的甜蜜；
>
> 可分手就像告别灵魂，
>
> 我心中是那么伤悲，伤悲。
>
> ——赫拉斯科夫

　　清早，鼓声把我吵醒。我往集合的地点走去。在仍旧吊着昨天的牺牲者的绞架旁边，普加乔夫的军队已经排成队列。哥萨克骑着马，卫兵们持着枪。旌旗飘扬着。几尊大炮，其中我还认出我们那一尊，已经搁在行军的炮架上。所有的居民也在那里等待自封皇帝。司令住宅的台阶旁，一个哥萨克牵着一匹优良的吉尔吉斯种白马。我用眼睛寻找司令夫人的尸体。尸体已经被挪到一边，盖着蒲席。普加乔夫终于从门廊里走出来。民众都脱下帽子。普加乔夫在台阶上站住，向大家问好。一个首领递给他一袋铜币，他便把铜币一把一把撒在地上。民众大叫大嚷着奔过来抢钱，要不挤伤几个是不可能的。几个主要的同伙簇拥着普加乔夫，其中也有施瓦勃林。我们的目光相遇了。在我的目光里他能够看到轻蔑的意味，于是马上转过身去，那表情既有刻骨的仇恨，又有做作的嘲笑。普加乔夫看见我在人群里，便向我点点头，招呼我过去。"告诉你，"他对我说，"你现在就到奥伦堡去，以我的名义向省长和所有的将军宣布，就说，过一个礼拜我要到他们那里去，叫他们等着我。劝他们要以孩子般的爱心和温顺迎接我，否则他们就逃不脱严酷的死刑。一路平安，尉官先生！"接着他转身朝着民众，指着施瓦勃林对他们说："孩子们，这是你们的新指挥官，你们要听从他的指挥，他要替我负责保护你们和保卫要塞。"我听着这些话，不由得心惊肉跳：施瓦勃林当了要塞司令，玛莎落在他手里啦！天哪！她的命运可想而知！普加乔夫从台阶上走下来。马给他牵来了。没等哥萨克扶他，他自己就利索地跨上了马鞍。

这时，我看见萨维里奇从人群里跑出来，走到普加乔夫跟前，递给他一张纸。我想象不出这会产生什么后果。"这是什么？"普加乔夫接过纸，认真地看了好久。"你怎么写得这么深奥？"他终于说。"我这双明亮的眼睛什么也看不清楚。我的书记长在哪儿？"

一个穿伍长制服的年轻人灵巧地跑到普加乔夫面前。"大声读出来，"僭皇把纸递给他，说。我十分想知道我的老家人给普加乔夫写了些什么。书记长大声地一个音节一个音节读起来：

"两件长袍，一件细布的，一件条纹绸子的，合六卢布。"

"这是什么意思？"普加乔夫皱着眉头说。

"请嘱咐读下去，"泰然自若的萨维里奇回答。

书记长继续读：

"细呢绿军装一件，七卢布，

"白色呢裤子一条，五卢布。

"戴套袖的荷兰夏布衬衫十二件，合十卢布。

"带茶具的食品盒一个，两个半卢布……"

"你在胡说些什么呀？"普加乔夫打断他，"这些食品盒、戴套袖的裤子关我什么事？"

萨维里奇干咳了一声，解释说："老爷子，请看，这是少爷的失物清单，被强盗抢去……"

"什么强盗？"普加乔夫厉声问道。

"对不起，我说错了，"萨维里奇回答，"无论强盗不强盗，反正你的伙伴悄悄摸摸地搬走的。你不要生气，马有四只脚，不免要跌跤。请命令他读完吧。"

"读下去，"普加乔夫说。书记又读下去。

"印花布和塔夫绸被单各一条，四卢布。

"红色拉锦卷毛绒狐皮大衣一件，四十卢布。

"还有在客栈里赏给你的兔皮袄一件，十五卢布。"

"这又是什么鬼花样！"普加乔夫大喝一声，眼睛里闪出火焰般的光芒。

说实在的，当时我真替我那可怜的老家人捏一把汗。他还想再次解释，但是普加乔夫把他的话打断了："你怎么敢拿这种小事情来跟我啰嗦？"他从书记手里抓过那张纸，掷在萨维里奇脸上，嚷道："老混蛋！东西全拿光了，这算得了什么？老家伙，你应该一辈子为我和我的孩子们祷告上帝，因为我们没有把你和你的主人同那些顽固家伙一起绞死……兔皮袄！我会给你兔皮袄的！你当心点，我要从你身上活活剥下一层皮来做皮袄！"

"请便，"萨维里奇回答，"我是个做不了主的下人，我得管好主人的东西。"

普加乔夫显然情绪不错，表现得非常宽宏大量。

他再没有说一句话，掉转马头走开。施瓦勃林和其他首领跟在他后面。这伙人秩序井然地开出要塞。民众都走过去送别普加乔夫。我一个人和萨维里奇留在广场上。我的老家人手里拿着清单，不胜惋惜地看着。

他看到我和普加乔夫的关系不错，便想利用一下，但是他的如意算盘落了空。我本想责备他，说他这种忠心是不适当的，结果却忍不住笑了起来。"你笑吧，少爷，"萨维里奇回答我，"你笑吧，到了我们需要重新置办家当的时候，你再看看是不是可笑。"

我赶到神父家里去见玛莎。神父夫人一看到我就告诉我一个不好的消息。夜里玛莎发起高烧来了。她躺在那里人事不省，还说胡话。神父夫人把我带到她的房间里。我轻轻地走到她床前。她脸上大大变了样，这使我十分吃惊。病人认不出我。我久久地站在她床前，盖拉辛神父和他那好心的夫人似乎在安慰我，但是他们的话我一句也没有听进去。想到这种令人伤悲的局面，我不禁心烦意乱。这个可怜的举目无亲的孤女落入凶恶的叛军当中的处境，我自己的无能为力，这些都使我觉得害怕。施瓦勃林，施瓦勃林最使我苦恼。他从自封皇帝那里得到权力，统治着这个要塞，而这个不幸的姑娘——他所仇恨的无辜的少女又流落在这里，他能够对她为所欲为。我可怎么办？怎么帮助她？怎么帮她摆脱这个强盗？只有一个办法：我决定马上到奥伦堡去，催促他们收复白山要塞，我要尽一切可能促成这件事。我辞别神父和阿库利娜·潘菲洛夫娜，激动地把这个我已经认作妻子的姑娘交托给他们。我泪如泉涌，拉起这可怜姑娘的手吻了吻。"别了，"神父夫人一边送我，一边对我说，"别了，彼得·安德烈伊奇，也许我们会在太平日子里见面。不要忘记我们，常常给我们写信。除了您，可怜的玛莎眼下已经没有别的安慰，没有别的保护人了。"

我走到广场上，在那里站了一会儿，瞧了瞧绞架，对它鞠了一躬，然后走出要塞，朝奥伦堡大道走去。萨维里奇寸步不离地跟着我。

我一路上沉思默想，突然听到背后有马蹄声。我回头一看，看见从要塞里驰出一个哥萨克，他手里牵着一匹巴什基尔马，远远地对我招手。我站住，马上认出是我们那个军士。他驰到我跟前，跳下马，把另一匹马交给我，说："老爷！我们的父亲赐给您一匹马和他自己的皮袄（马鞍上扎着一件羊皮袄）。还有，"下士结结巴巴地说，"他赐给您……半个卢布……可我在路上给丢了，请您宽宏大量，饶恕我。"萨维里奇斜睨着他，愤恨地说："在路上给丢了！可你怀里是什么东西在叮当响？不要脸的东西！""我怀里什么东西在叮当响？"军士一点也不觉得难为情，立刻反驳。"上帝保佑你，老人家！这里响的是皮笼头，不是半卢布的钱。""好吧，"我打断他们的争吵，说，"替我谢谢那个派你来的人，丢了的半卢布，你回去的时候仔细找一找，找到了就给你当酒钱。""真是谢谢您了，老爷，"他掉过马头，回答说，"我要一辈子为您祈祷。"说着，他用一只手按住胸口，骑马顺着原路跑回去，一会儿就不见了。

我穿上羊皮袄，跨上马背，让萨维里奇骑在我背后。"少爷，你看，"老头子说，"我可没有白白向那个强盗告状：这强盗也觉得难为情了，尽管这匹又瘦又高的巴什基尔驽马和那件羊皮袄不值他们这些强盗抢去的和你赏给他们的东西的一半，可这会儿还是有用处，从恶狗身上拔下一撮毛也是好的。"

第十章 围城

占领了高山和草地，

像老鹰般从高处俯视着城池。

命令在营地后面筑起炮垒，

藏起大炮，到夜里轰击城市。

——赫拉斯科夫

快到奥伦堡的时候，我们看见一群被剃了头、脸上带着钳痕的囚徒。他们在驻军的残废士兵监督下，正在修工事。有的用小车把壕沟里的污秽拉走，有的用铲子掘土；围墙上泥水匠搬来砖头，修筑城墙。城门口有几个哨兵拦住我们，检查我们的证件。一个中士听说我是从白山要塞来的，便直接把我带到将军家里去。

我在花园里遇到将军。他正在查看被秋风扫去叶子的苹果树，在一个老园丁的帮助下，小心翼翼地用干草把树包扎起来。他的神情安详、健康、和善。看到我，他十分快活，便详细询问起我所看到的种种可怕的事变。我全对他说了。他一边认真听我说，一边剪着枯枝。

"米罗诺夫死得真惨!"我说完了这悲惨的故事后,他说,"相当可惜,他是个好军官,米罗诺夫夫人也是个好夫人,她的蘑菇腌得多好啊!可上尉的女儿玛莎怎么样了?"我回答他,说她住在要塞神父夫人家里。"唉!唉!唉!"将军说,"这可是糟糕,十分糟糕。强盗们的纪律是不管如何靠不住的。这可怜的姑娘但是相当危险哪!"我回答,白山要塞离这里不远,将军大人一定会马上派兵去解救这个要塞里的不幸居民的。将军疑虑重重地摇摇头。"再说,再说,"他说,"这件事我们还有工夫谈。请你来舍下喝杯茶:今天我们要开军事会议。你能够给我们报告一下真实的消息,谈谈普加乔夫那强盗和他的军队的情况。现在你暂时去休息一下。"

我往指定给我的住所走去,萨维里奇已经在那里安排了。我焦急地等待着预定的时间。读者十分容易想象得到,这个会议对我的命运至关重要,我是绝不会忽略的。到了预定的时间,我早就在将军那里了。

我在他那里遇见一个本城的官员,我记得他是税务局长,一个身体肥胖、脸色红润、穿着缎子长袍的老头子。他详细询问伊凡·库兹米奇的遭遇,称他为教亲,不时提出一些问题或感慨几句打断我的话,从这些话里即使看不出他精通战术,至少也说明他思路敏捷,具有天赋的才智。这时另一些应邀参加会议的人也陆续来到。他们当中,除了将军本人,没有一个军人。当大家一一就座,仆役给他们送上茶来以后，将军便极其明确、详尽地说明了此次会议的宗旨："诸位先生，现在，"他继续说，"必须决定，对叛军取何种行动，是攻还是守？这两种方法各有利弊。进攻可望迅速击溃敌军，防守则比较可靠稳妥……那么，现在就开始按法定程序征求意见，也就是请官阶低的先发言。准尉先生！"他对我说。"请发表您的高见。"

我站起来，首先简要地介绍了普加乔夫及其一伙的情况，然后斩钉截铁地说，这个自封皇帝决计抵挡不住正规军的进攻。

官员们显然都不赞成我的意见。他们认为这是青年人的轻率和无礼。会议上掀起了一阵不满的议论，我明白地听见有个人轻声说："乳臭未干。"将军转过身来，笑容可掬地对我说："准尉先生！在军事会议上，开头的发言一般都是主张进攻的，这已经成了规律。现在我们继续征求意见。六级文官先生！说说您的高见！"

穿着缎子长袍的老头连忙喝下第三杯掺了不少罗木酒的茶，回答将军："大人，在下以为既不可攻也不可守。"

"倘若理解呢，六级文官先生？"将军觉得惊讶，问道，"战术上可没有别的办法：不是攻就是守……"

"大人，能够采用收买的办法。"

"对对对！您的见解真是高明。收买的办法战术上是允许的，我们要采用您的建议。能够悬赏收买那个强盗的头……给七十卢布，甚或一百卢布……从秘密经费中支出……"

"到那个时候，"税务局长打断他的话，"这些强盗要不把他们的首领五花大绑送到这里来，我就不是六级文官，而是一头吉尔吉斯绵羊。"

"这件事我们还能够从长计议，"将军回答。"但是毕竟还是要采取一些军事措施。诸位，还是按照法定程序发表你们的意见吧。"

所有的意见都是和我相反的。所有的官员都说军队靠不住，成功没有把握，必须小心从事等等。大家都认为，最明智的办法是以大炮为掩护，躲在坚固的石头城墙后面坚守，这样比到战场上碰运气好。最后，将军听完所有的意见，磕掉烟斗里的烟灰，说：

"诸位先生！我必须说明，按照我的本意，我完全赞同准尉先生的高见：因为他的意见是以全部正常的战术规则为依据的，战术上总是认为进攻比防守有利。"

说到这里，他停下来，给烟斗装上烟丝。我由于满足了自尊心而扬扬得意。我骄傲地看了看那些官员，他们不满而又不安地窃窃私语着。

"然而，诸位先生，"他深深地叹了一口气，吐出一股浓烟，继续说。"这件事关系到仁慈的女皇陛下交托给我的有关各省的安全问题，我不敢担当这样重大的责任。所以，我赞同大多数人的意见，也即最明智最安全的办法，就是在城里坚守，而用炮兵的力量，能够的话还伺机出击，用这样的办法击退敌人的进攻。"

这时轮到官员们用嘲笑的眼光来瞧我了。军事会议宣告结束。我不能不为这位可敬的军人的软弱觉得遗憾，他竟违背自己的信念，接受这些外行、没有经验的人的意见。

这次重要会议之后，过了几天，我们获悉说话算数的普加乔夫已经逼近奥伦堡了。我从城墙上看见了叛军。我感到，从我看到的那次进攻以来，他们的人数已经增加十倍。他们已经有了炮队，大炮是从被普加乔夫打下的一些小要塞取来的。想起军事会议的决定，我就预见到我们将长期困守在奥伦堡城内，我气恼得几乎要哭出来。

我不来描写奥伦堡之围，这是历史的事，不属于家庭纪事的范围。简单说，这次包围由于地方当局的玩忽职守，使居民遭到毁灭性的灾难。他们忍受了饥馑和一切可能的不幸。不难想象，奥伦堡的生活是完全无法忍受的。大家都垂头丧气地等待着决定自己的命运，大家都为可怕的飞涨的物价叹气。居民们对飞到他们院子里的炮弹已习以为常，连普加乔夫的进攻，大家都感到无所谓。我非常愁闷。时间一天天过去。我没有收到白山要塞来的信。所有的道路都被切断了。我再也无法忍受同玛莎的离别。她生死不明，这使我极其悲痛。我唯一的消遣是出城去袭击敌人。由于普加乔夫的好意，我有了一匹好马，我得和它分食少得可怜的食品，每天骑着它出城去和普加乔夫的骑兵进行枪战。在这种枪战中，那些吃饱喝足，又骑着好马的强盗总是居于优势。城里那些瘦弱的骑兵无法战胜他们。我们那些饥饿的步兵有时也打出去，但深深的积雪使他们无法有效地打击分散的骑兵。大炮在城墙上徒然轰鸣着，拉到战场上则深陷在雪地里，而且由于马匹虚弱不堪而不能动弹。我们的军事行动就是这副样子！这就是奥伦堡的官员们所谓的谨慎和明智！

有一次，我们偶尔驱散并追逐着一大群敌人，我碰上了一个掉队的哥萨克，正要举起我那土耳其马刀朝他砍去，他突然脱下帽子大声喊道："您好，彼得·安德烈伊奇！日子过得顺当吗？"

我抬头一看，认出是我们那个军士。看见他，我真有说不出的快活。"你好，马克西梅奇，"我对他说。"从白山要塞出来时间不短了吗？"

"不久，彼得·安德烈伊奇老爷，昨天我才从那里回来。我给您带来一封信。"

"信在哪里？"我激动得脸红起来，赶紧说。

"在我这儿。"马克西梅奇把手伸进怀里，回答说。"我答应帕拉莎，一定要把信给您带到。"这时他递给我一张折好的纸，便回头跑掉了。我把信纸打开，浑身发抖着读了起来：

"按照上帝的意旨，我突然失去了父母，在世界上我没有一个亲人，也没有一个保护者。我特地来恳求您，因为我知道您一直希望我好，您愿意帮助任何一个人。我祷告上帝，但愿这封信不管如何可以送到您手里！马克西梅奇答应把它送到您处。帕拉莎也从马克西梅奇那里听说，在你们出击的时候，他常常从远处看到您，说您完全不顾惜自己，也没有想到那些常常含泪为您向上帝祷告的人。我病了很长时间，复原以后，那个现在正处在先父地位管辖要塞的阿列克赛·伊凡诺维奇便逼着盖拉辛神父把我交给他，否则他要向普加乔夫告发我。我现在住在我们家里，受到了监视。阿列克赛·伊凡诺维奇逼我嫁给他。他说他救过我的命，因为阿库利娜·潘菲洛夫娜对那些强盗说我是她的外甥女时，他帮我隐瞒了真相。我与其嫁给阿列克赛·伊凡诺维奇这样的人，还不如死掉的好。他对我十分凶，还威胁我，说如果不回心转意，不同意嫁给他，他就要把我带到那强盗的营寨里去，并说要像处置丽沙维塔·哈尔洛娃那样处置我。我要求阿列克赛·伊凡诺维奇让我再想一想。他答应再等三天。如果过了三天还不嫁给他，他就毫不留情了。彼得·安德烈伊奇少爷！只有您才是我的保护人，请您救救我这苦命的人吧。请您恳求将军和各位指挥官赶快派援军到我们这里来，倘若可能的话，您自己也来一趟。

您的恭顺而不幸的孤女

玛莎"

我看完这封信，几乎要发疯了。我无情地赶着我那匹可怜的马，驰回城里。我一路上想着解救那不幸姑娘的办法，但是什么办法也想不出。跑进城里，我便直接去找将军，匆匆忙忙地闯进他家里。

将军在房间里走来走去，吸着他的海泡石烟斗。一看见我，他便站住。想必是我的样子使他觉得吃惊，他关心备至地询问我匆忙来到的原因。

"大人，"我对他说，"我就像找亲爹一样跑来找您。看在上帝的面上，不要拒绝我的请求：事情关系到我一生的幸福。"

"什么事，亲爱的？"老头子惊奇地问道。"我能为你做点什么事？你说吧。"

"大人，请您下令让我带一连士兵和五十个哥萨克去扫平白山要塞。"

将军凝视着我，好像以为我疯了（这一点他几乎没有想错）。

"这怎么可能？扫平白山要塞？"他终于说。

"我向您保证，一定会成功，"我热烈地回答。"只要您放我去。"

"不行，年轻人，"他摇着头说，"这么远的距离，敌人特别容易切断你们和主要战略据点的联系，从而完全打败你们。联系中断……"

我怕他又要大谈军事问题，便连忙打断他的话。

"米罗诺夫上尉的女儿写信给我，"我对他说，"她向我求救，施瓦勃林逼她嫁给他。"

"真的吗？噢，这个施瓦勃林真是个大坏蛋，如果落到我手里，我一定要下令在二十四小时内审判他，我们要把他送到要塞的胸墙上枪毙！可是暂时还得忍耐……"

"忍耐！"我不由自主地叫起来。"可他就要娶玛莎了！……"

"噢，"将军不以为然地说。"这算不了什么：她最好还是暂时做施瓦勃林的妻子，他能够保护她。等到我们枪毙了施瓦勃林，那时，上帝保佑，她会再找到丈夫的。可爱的小寡妇是不会长期守寡的。我意思是说，小寡妇会比姑娘更容易找到丈夫。"

"我宁可去死，"我发狂似的说，"也不愿意把她让给施瓦勃林！"

"哎呀呀呀！"老头子说，"现在我清楚了，你应该是爱上玛莎了。噢，这就是另一回事了！不幸的小伙子！不过我还是不能给你一连士兵和五十个哥萨克。这种出击太不明智了，我担当不起这个责任。"

我低下头，觉得极其失望。突然我脑子里闪过一个念头。就像古代小说家所说的那样，欲知后事如何，且听下回分解。

第十一章　叛军的村子

这时狮子已经吃饱，尽管它生性凶暴。

"你为什么光临我的巢穴？"它亲切地问道。

——苏马罗科夫

我离开将军家赶回自己的住所。萨维里奇把我接进去，仍像往常那样规劝我："少爷，你何苦去和那些喝醉酒的强盗算账！这哪是当老爷的干的事？万一有个好歹，那才不值得呢。如果去打土耳其人或者瑞典人，那还说得过去，可现在你是去打什么人，说出来都罪过。"

我打断他的话，问他我一共还有多少钱。"够你用的啦，"他得意扬扬地说。"无论那些强盗怎么翻箱倒柜，我还是藏起来了。"说着，他从口袋里掏出一个编结的长袋子，里面装满了银币。"好，萨维里奇，"我对他说，"现在你给我一半，剩下的你拿着。我要到白山要塞去。"

"彼得·安德烈伊奇少爷！"我那善良的老家人用发抖的声音说。"你得敬畏上帝，眼下你怎么能出去呢，所有的道路都给强盗切断了！

你如果不顾惜自己，至少也得可怜可怜你的父母。你想上哪里去？去干吗？你再稍稍等一等。等大军一到，把那些强盗都抓起来，那时候你想上哪里去就上哪里去好了。"

可是我主意已定。"现在谈论这些已经太晚了，"我回答老头子。"我必须去，我不能不去。别悲伤，萨维里奇：上帝是仁慈的，也许我们还会见面！你自己要当心点，别良心上过不去，别舍不得钱。你需要什么就买什么，哪怕价钱贵三倍。这些钱我都送给你了。如果过了三天我还没有回来……"

"少爷，你在说什么呀？"萨维里奇打断我的话。"要我放你一个人走！这你做梦也别想。你如果一定要走，我哪怕用两条腿走也要跟着你，决不离开你。你要我离开你，一个人蹲在石头城里吗？难道我疯了？你想怎么干就怎么干，少爷，可我不能离开你。"

我知道跟萨维里奇是没有什么好争论的，便让他去准备行装。过了半小时，我骑上我那匹好马，而萨维里奇骑上一匹又瘦又瘸的老马，那是城里一个居民由于养不起它，白白送给他的。我们来到城门口，哨兵放我们出去，我们便离开了奥伦堡。

暮色渐浓。我的路要经过别尔达村，那是普加乔夫的驻地。笔直的道路上积满了雪，但是整个草原上却看得见每天踏上去的马蹄印。我放马大步跑去。萨维里奇勉强远远跟着我，不时大声喊叫着："慢点，少爷，看在上帝的面上，慢点。我这匹该死的老马跟不上你那匹长脚的恶魔。你急着到哪里去？如果去吃酒倒也罢了，可你这是去挨刀背，搞得不好就……彼得·安德烈伊奇……彼得·安德烈伊奇少爷！……别毁了我！……主啊，小主人要完蛋了！"

一会儿我们就看见了别尔达村的灯光。我们走到一道峡谷，这是村子的天然工事。萨维里奇仍然跟在我后面，嘴里不断地叫苦。我原希望能顺利绕过村子，却突然看见前面暮色中有五六个拿着棍子的庄稼汉，这是普加乔夫驻地的前哨。他们向我们喊叫着。我不知道他们的口令，只想默默地从他们旁边溜过去；但他们立刻就把我包围起来，其中一个抓住我的缰绳。我拔出马刀朝这庄稼汉头上砍去，帽子救了他的命，可他还是踉跄了一下，放掉了缰绳。其他几个慌了神，跑掉了。我利用这个机会，踢踢马，又往前面奔驰了。

渐浓的夜色本来能够使我摆脱一切危险，但是我回头看了一看，突然发现萨维里奇不见了。可怜的萨维里奇骑着那匹瘸马，竟逃不出强盗的掌心。这可怎么办？我等了他几分钟，料定他是被拦住了，便拨转马头去救他。

我跑近峡谷，便听见远处的喧哗声、叫声和萨维里奇的说话声。我催着马更快地往那边跑去，一会儿就来到刚刚拦截我的那几个哨兵面前。萨维里奇在那里。他们把老头子拖下马背，正要把他捆起来。看到我跑回来，他们都十分快活。他们叫嚷着向我扑过来，马上把我拖下马。其中的一个，看来是个头目，向我们宣布要立刻把我们带去见皇帝。他还说："至于立刻就绞死你们呢，还是等到天亮，这要听皇上的旨意。"我没有反抗，萨维里奇也学我的样。哨兵们便得意扬扬地把我们带走了。

我们穿过峡谷，走进村子。所有的房子里都点着灯。到处响着喧闹声和喊叫声。在街上我遇到不少人，但在黑暗中谁也没注意我们，也没有认出我是奥伦堡的军官。他们把我们带到十字路口的一座小屋前。那门口放着几个酒桶和两尊大炮。"这就是皇宫，"一个庄稼汉说，"现在我们就去通报。"他走进小屋。我瞧了瞧萨维里奇，老头子边画十字，边念着祷文。我等了好久，那庄稼汉终于出来，对我说："走吧，老爷子嘱咐把军官带进去。"

我走进屋子，或者像庄稼汉所说的，走进皇宫。屋子里点着两支脂油蜡烛，墙上裱着金纸，不过，长凳、桌子、吊在绳子上的洗脸盆、挂在钉子上的手巾、墙角里的炉叉、放满瓶瓶罐罐的宽阔的炉台，这一切都跟普通的屋子里一样。普加乔夫坐在神像底下，穿着大红袍，戴着高帽子，威风凛凛地叉着腰。他身旁站着几个主要伙伴，个个都装出毕恭毕敬的样子。显然，来了一个奥伦堡军官的消息在这些暴徒当中引起了强烈的好奇心，他们准备"隆重地款待"我一番。普加乔夫一眼就认出了我。那种故作威严的样子一下子不见了。"啊，尉官先生！"他十分高兴地对我说。"日子过得好吗？你为什么到这里来？"我说我有事经过这里，被他手下的人拦住了。"你有什么事呢？"他问我。我不知道怎么回答好。普加乔夫以为我不肯当着这么多人的面说出来，便屏退了左右。除了两个仍站着不动，其余的人都服从了。"当着他们的面说吧，"普加乔夫对我说："我什么事都不瞒他们。"我斜眼看看僭皇的亲信。其中一个是个孱弱而驼背的老人，长着一把灰白胡子，他的灰色呢子长袍上从肩上斜佩着一条浅蓝色绶带，此外，他身上没有什么特别令人注目的东西。但是我一辈子也不会忘记他那个伙伴。他身材高大，肩膀宽阔，我看他有四十五岁光景。他蓄着一把浓密的火红色大胡子，灰色的眼睛闪闪发光，鼻子没有鼻孔，额上和双颊上面的红斑给他那宽阔的麻脸增添了一种无以名状的表情。他穿着红色衬衫、吉尔吉斯长袍和哥萨克灯笼裤。我后来才知道，第一个是从军队里逃出来的伍长别洛鲍罗朵夫；第二个叫阿法纳西·索科洛夫（绰号苍蝇拍），他是个流放犯，曾三次从西伯利亚矿坑里逃出来。虽然我心里十分激动，可是我无意中遇到的这些人还是使我完全无法集中思想。然而普加乔人又问了一遍，把我提醒了："说吧，你从奥伦堡出来有什么事？"

我头脑里出现了一个怪念头：我感到天意又一次把我带到普加乔夫面前，使我有机会实现自己的计划。我决定利用这个机会，于是我甚至还没有把我决定要做的事情好好考虑一下，就回答普加乔夫的问题：

"我要到白山要塞去救一个受人欺侮的孤女。"

普加乔夫眼睛闪着光。"我手下的人哪个敢欺侮孤女?"他大声说。"无论他多狡诈,都逃不脱我的审判。告诉我,那肇事的是谁?"

"肇事的是施瓦勃林,"我回答。"他把一个姑娘扣起来,要强行娶她为妻,那姑娘你见过,就是在神父夫人家养病的那一个。"

"我要教训教训施瓦勃林,"普加乔夫怒气冲冲地说。"叫他知道,我是怎么处置那些胡作非为、欺侮老百姓的人的。我要绞死他。"

"请允许我说一句话,"苍蝇拍用嘶哑的声音说道。"你急急忙忙地委任施瓦勃林当要塞司令,现在又要急急忙忙地绞死他。你派一个贵族去做哥萨克的长官,已经使他们相当不快,现在一听到谗言,又要绞死贵族,你可不要把贵族都吓跑了。"

"用不着可怜贵族,也用不着赏识贵族!"佩带浅蓝色绶带的老头说。"绞死施瓦勃林没有什么了不得的,可是好好审问一下这个军官先生,看他来这里干什么,这倒是一件好事。如果他不承认你是皇帝,那么他就用不着来找你申诉;如果他承认,那他为什么至今还跟你的敌人一块儿蹲在奥伦堡城里?你还是把他送到审讯室,在那里点起火来:我怀疑他老爷是奥伦堡的指挥们派到我们这儿来的。"

我感到这个老强盗的逻辑是相当能说服人的。我一想到我落到了什么人的手里,不由得打了一个寒噤。普加乔夫注意到我不安的神情。"怎么,尉官先生?"他对我眨眨眼,说,"我的元帅似乎说到点子上了。你以为如何?"

普加乔夫的玩笑又鼓起了我的勇气。我若无其事地回答，说我眼下落在他手里，我要怎么处置我就能够怎么处置我。

"好，"普加乔夫说。"现在你告诉我，城里的情况怎么样？"

"荣耀归于上帝，"我回答，"一切都不错。"

"不错？"普加乔夫反问了一句。"老百姓都快饿死啦！"

僭皇说的是真话，但是我为了忠于誓言，便对他说，这些都是谣言，奥伦堡的各种储备都是充足的。

"你看，"老头子接着我的话茬说，"他在当面欺骗你。所有从奥伦堡逃出来的人都异口同声地说，奥伦堡正在闹饥荒和瘟疫，那边都在吃死人肉，而且感到这是他们的光荣，而他老爷却说一切都十分充足。你如果想绞死施瓦勃林，那就把这个年轻人吊在同一个绞架上，叫他们谁也别嫉妒谁。"

这个死老头的话似乎让普加乔夫犹豫起来。幸好苍蝇拍不同意他的意见。

"算了，纳乌梅奇，"他对老头说，"你最好是把所有的人都斩尽杀绝。你这算得了什么英雄好汉呢？看上去你气都快没有了。自己大半截子都入了土，还想杀人。难道你良心上沾的血还少吗？"

"瞧你多会讨好人！"别洛鲍罗朵夫马上反唇相讥，"你哪里来的这副慈悲心肠？"

"当然另外，"苍蝇拍回答，"我也有罪，这只手（这时他握紧那骨节粗大的拳头，卷起袖子，露出毛茸茸的手臂），这只手也犯了罪，使不少基督徒流了血。但我杀的是敌人，而不是客人。我杀人是在大路口，在黑暗的树林里，而不是在家里，坐在炉子旁；是用短锤和斧头背，而不是用妇人的毒舌头。"

老头子别转身子，嘟囔着说："没鼻子的东西！"

"你在嘀咕什么，老家伙？"苍蝇拍高声说，"我要让你尝尝没鼻子的厉害，等着瞧吧，你的末日会到来的，上帝会让你闻闻火钳的味道……眼下你可得当心点，别让我来拔掉你的胡子！"

"各位将军！"普加乔夫一本正经地说。"你们别吵了。如果所有奥伦堡的狗都在同一个绞架上蹬腿，那倒没什么；如果我们的狗都自己咬起架来，那就糟了。我看，你们就讲和了吧。"

苍蝇拍和别洛鲍罗朵夫没有再说一个字，只是恶狠狠地瞪着对方。我意识到必须改变这个结果可能对我相当不利的话题，便快快活活地对普加乔夫说："哟！我差点忘记了感谢你送给我马匹和皮袄。没有你，我恐怕进不了城，在半路上就会冻死的。"

我的办法奏效了。普加乔夫快活起来。"以德报德，以怨报怨嘛，"他又是眨眼，又是眯起眼睛，对我说。"现在你就跟我说说，你跟施瓦勃林欺侮的那个姑娘有什么关系？是不是小伙子有了心上人了？啊？"

"她是我的未婚妻。"我看到谈话已变得对我有利，用不着隐瞒真相，便回答普加乔夫。

"是你的未婚妻！"普加乔夫提高嗓门说。"你怎么不早说？让我们来给你成亲，还要在你的婚礼上好好地吃一顿！"接着，他转身对别洛鲍罗朵夫说："我跟你说，元帅！我和这位尉官先生是老朋友啦，我们坐下来吃晚饭吧，早晨总比晚上聪明。明天我们再看看他的事该怎么办。"

我特别快活地谢绝了他们的盛情，可是毫无办法。两个年轻的哥萨克姑娘，房东的女儿用白桌布铺了桌子，端来了面包、鱼汤，几瓶葡萄酒和啤酒，我便再次同普加乔夫和他那些可怕的伙伴一起吃饭了。

我被迫参加的这次无拘无束的饮宴一直继续到深夜。同席的人终于喝得烂醉。普加乔夫坐在那儿打盹，他的伙伴站起来，示意叫我走开。我和他们一起走出去。根据苍蝇拍的命令，一个哨兵把我带到审讯室，我看到萨维里奇也在那里，哨兵把我们关在里面。我的老家人看到刚刚发生的一切，觉得非常惊奇，甚至没有问过我一句话。他在黑暗中躺下，久久地长吁短叹，后来呼呼地睡着了；而我则左思右想，彻夜未眠。

次日早上，普加乔夫派人来叫我。我去找他。他门口停着一辆套着三匹鞑靼马的带篷马车。街上聚集着好多人。我在门廊里遇见普加乔夫：他一副出门打扮——穿着皮大衣，戴着吉尔吉斯帽。那两个昨天同桌吃饭的人站在他身旁，他们又装出一副毕恭毕敬的样子，和昨天晚上我看见的情景截然不同。普加乔夫很快活地和我打招呼，叫我和他一起坐到马车上去。

我们坐上马车。"上白山要塞！"普加乔夫对站着赶车的宽肩膀鞑靼人说。我的心剧烈地跳动起来。马儿跑动了，铃铛响了起来，马车飞驰着……

"停车！停车！"我听到一阵很熟悉的声音，看见萨维里奇迎面跑来。普加乔夫嘱咐停车。"彼得·安德烈伊奇少爷！"我的老家人喊道。"我这么一大把年纪了，别把我丢在这些强……""哦，是这个老家伙！"普加乔夫对他说。"上帝又让我们碰在一起了。坐在驭座上吧。"

"谢谢皇上，谢谢，亲爹！"萨维里奇边坐下来边说。"因为你照顾了我这老头，使我安下心来，上帝会让你活到一百岁。我要一辈子为你祷告，那件兔皮袄的事情我再也不提了。"

提起兔皮袄的事有可能惹得普加乔夫大发雷霆。幸而这个僭皇不知是没有听到还是对这种不适当的暗示不屑一顾。马匹奔驰起来，人群在街上站住，深深地鞠躬。普加乔夫朝两边点头致意。一会儿我们便出了村子，在平滑的大道上飞驰了。

这时我的心情是不难想象的。再过几个小时我就能够和我原以为失去了的姑娘见面了。我想象着我们见面的情景……我还想起这个掌握着我的命运的人，由于某种稀奇的机缘，他和我竟建立了这种神秘的关系。我想起这个自告奋勇要去拯救我的心上人的人是多么残酷无情、嗜血成性！普加乔夫还不知道她是米罗诺夫上尉的女儿，凶狠的施瓦勃林极有可能向他揭发。普加乔夫还可能通过其他途径了解到真情……那时玛莎会怎么样？想到这里我不由得打了一个寒噤，全身的毛发都竖了起来……

突然，普加乔夫对我提了个问题，打断我的沉思：

"尉官先生，你在想什么？"

"我怎么能不想呢？"我回答他。"我是个军官和贵族，昨天我还在和你交战，今天我却和你同坐在一辆马车里，我一生的幸福都在你的手里啦。"

"怎么啦？"普加乔夫问道。"你害怕吗？"

我回答，我已经被他赦免过一次，我希望不仅能得到他的饶恕，并且还能得到他的帮助。

"你说得对，说得不错！"僭皇说。"你已经看见了，我那些伙伴都用白眼看着你，那个老头子今天还硬说你是个奸细，要对你用刑，绞死你，可我没有同意，"他还压低嗓子，不让萨维里奇和鞑靼人听见，说，"因为我记得你的那杯酒和那件兔皮袄。你看，我并不像你的弟兄们所说的那样：嗜血成性。"

我想起白山要塞失守的情景，但认为没有必要和他争论，便一言不发。

"奥伦堡城里的人是怎么谈论我的?"普加乔夫沉默了一会儿,问我。

"他们说,你不容易对付。没什么可说的,你已经显过身手了。"

僭皇的脸上显出得意扬扬的神情。"是啊!"他十分高兴地说。"我相当能打仗。你们奥伦堡的人知道尤泽耶瓦之战吗?杀死四十个将军,俘虏四个军。你认为普鲁士王上能和我较量一下吗?"

我感到这个强盗的夸口的确好笑。

"你自己以为可以打败腓特烈大帝吗?"我对他说。

"打败费多尔·费多罗维奇吗?怎么不能?我都能打败你们的将军,而你们的将军打败过他。至今我的军队还是很走运的。等着瞧吧,我还要进攻莫斯科的。"

"你想打莫斯科吗?"

僭皇沉吟了一会儿,低声说:"天知道。我的路不宽。我的话不一定算数。弟兄们都自作聪明,他们都是强盗。我得时刻留心,一打败仗,他们就会拿我的头去换他们的脖子的。"

"说得对!"我对普加乔夫说。"你还不如趁早丢下他们,跑去求女皇恕罪!"

普加乔夫苦笑了一下。"不行,"他回答。"现在悔过已经太晚了。不会赦免我的。我是一不做二不休。谁知道呢?也许会成功!格里什卡·奥特烈皮耶夫也统治过莫斯科的。"

"可你知道他的结局吗？他给抛出窗外，杀了头，烧成灰，连骨灰都给装进大炮里轰出去了！"

"你听我说，"普加乔夫带着一种粗鲁的兴奋表情说。"我给你说一个故事，这是我小时候听一个卡尔梅克老太婆说的。有一次老鹰问乌鸦：'告诉我，乌鸦，为什么你能在世界上活三百年，而我最多只能活三十三年？''亲爱的，'乌鸦回答它，'因为你喝的是鲜血，而我吃的是死尸。'老鹰想，我也去吃死尸试试看。好。老鹰和乌鸦便一起飞走了。它们看见一匹死马，便飞下来，停在它身上。乌鸦一边吃一边叫好，老鹰啄了一口，又啄一口，便鼓起翅膀对乌鸦说：'不，乌鸦兄弟，与其吃三百年死尸，还不如喝一口鲜血来得痛快，以后的事就听天由命了！'这个卡尔梅克老太婆的故事说得怎么样？"

"十分有趣，"我回答他。"不过，依我看，过这种杀人抢劫的生活就等于在吃死尸。"

普加乔夫吃惊地瞧了我一眼，什么也没有回答。我们两人便不再说话，各自想着心事。鞑靼人唱起一支悲怆的歌；萨维里奇打着瞌睡，在驭座上摇晃着。马车在冬天光滑的道路上飞驰……突然，我看见陡峭的雅依克河岸上有一个小村落，围着栅栏，当中有一座钟楼——于是过了一刻钟，我们驶进了白山要塞。

第十二章 孤女

似乎我们的小苹果树，

没有树梢也不发芽；

似乎我们的公爵小姐，

既没有爹也没有妈。

没有人给她梳妆打扮，

也没有人祷告祝福她。

——婚礼歌

马车到了司令住宅门口。民众听得出普加乔夫的铃铛声，成群跟在我们后面跑着。施瓦勃林在门口台阶上迎接僭皇。他穿着哥萨克服装，蓄着大胡子。这个叛徒把普加乔夫扶下马车，用极其无耻的措辞向他表示快活和效忠。他一看见我，便发了慌，但立刻镇静下来，向我伸出手，说："你也是我们的人了？早就该这样了！"我转过身去，什么也没有回答他。

我们一走进这早已熟悉的房间，我就觉得心痛如绞。那里墙上还挂着已故司令的委任状，仿佛是往昔岁月的伤心的墓志铭。普加乔夫坐在沙发上（从前伊凡·库兹米奇常常坐在那里打盹，听着他妻子的唠叨渐渐入睡）。施瓦勃林亲自给他送来伏特加，普加乔夫喝了一杯，指着我对他说："你也款待款待这位尉官先生吧。"施瓦勃林端着盘子走到我面前，但我又一次转过身去。他慌乱得手足无措。此人素来机灵，自然看出普加乔夫正在生他的气。他战战兢兢地站在普加乔夫面前，又满腹狐疑地看看我。普加乔夫问了问要塞里的情况、敌军的消息和其他一些事情，接着突然问他："告诉我，老弟，你这儿关着一个什么样的姑娘？让我看看。"

施瓦勃林脸上一下子苍白得像个死人。"皇上，"他用发颤的声音说，"皇上，我并没有把她关起来……她病了……她躺在房间里。"

"带我到她那儿去，"僭皇站起来，说。推托是不可能的。施瓦勃林便带着普加乔夫到玛莎的房间去。我也跟在他们后面。

施瓦勃林在楼梯上站住。"皇上！"他说。"您有权随便命令我，可是请您不要让旁人走进内人的房间。"

我浑身发抖起来。"你已经结婚啦？"我对施瓦勃林说，准备把他撕烂。

"安静点！"普加乔夫拦住我。"这是我的事。但是你，"他转身对施瓦勃林继续说，"不要自作聪明，也不要那么固执，无论她是不是你的妻子，我想带谁到她那里去就带谁去。尉官先生，你跟我来。"

到了房门口，施瓦勃林又站住，他结结巴巴地说："皇上容禀，她由于发高烧，神经错乱，已经说了三天胡话了。"

"把门打开！"普加乔夫说。

施瓦勃林在口袋里摸了一阵，说他没有带钥匙。普加乔夫朝门上踢了一脚，锁脱落了。门开了，我们走进房里。

我一看就呆住了。玛莎脸色惨白、浑身消瘦、披头散发，穿着乡下女人的破衣烂衫坐在地上。她面前放着一瓦罐水，瓦罐上放着一块面包。她一看见我便哆嗦了一下，叫了起来。当时我是个什么样子，现在已经想不起来了。

普加乔夫瞟了施瓦勃林一眼，苦笑着说："你这个小病房可真不错啊！"接着，他走到玛莎面前，对她说："跟我说，亲爱的姑娘，你的丈夫为什么要处罚你？你犯了什么过失？"

"我的丈夫！"她把这句话重复了一遍。"他不是我的丈夫。我永远也不会做他的妻子！我还是死了好，如果没有人来救我，我就死。"

普加乔夫恶狠狠地瞪了施瓦勃林一眼。"你竟敢欺骗我！"又对他说，"你这个无赖，你知道对你该怎么办？"

施瓦勃林噗的一声跪下……这时我对他的轻蔑超过了对他的仇恨和愤怒。我极其厌恶地看着这个匍匐在一个叛逃的哥萨克脚下的贵族。普加乔夫气平了一些。"我饶了你这一次，"他对施瓦勃林说，"可你要记住，你要再犯一次，我就连这一次的账一起算。"接着他转过身来，亲切地对玛莎说："你走吧，好姑娘，我让你自由，我是皇帝。"

玛莎迅速地瞥了他一眼，猜到站在她面前的就是杀害她父母的凶手。她用双手掩住面孔，昏倒在地上。我向她奔过去，但这时我那个早就熟悉的帕拉莎十分大胆地挤进房间，马上着手照料她的小姐。普加乔夫走出房间，我们三个人便一起往客厅走去。

"怎么样，尉官先生？"普加乔夫笑着说。"我们救了一个漂亮的姑娘！你看要不要去请神父来，让他给他的外甥女完婚？我能够代替你的父亲给你主婚，施瓦勃林当男傧相。我们关起门来，痛痛快快地喝一顿！"

我所担心的事终于发生了。施瓦勃林一听见普加乔夫的建议，便按捺不住他的怒气。"皇上！"他狂叫着，"我对你撒了谎，我有罪，可是格里尼奥夫也在欺骗你。这个姑娘不是本地神父的外甥女，她是你打下这座要塞里被绞死的那个伊凡·米罗诺夫的女儿。"

普加乔夫向我投来炯炯有神的目光。"这是怎么回事？"他莫名其妙地问我。

"施瓦勃林对你说的是实话。"我坚定地回答。

"这一点你没有对我说过，"普加乔夫沉下脸说。

"你自己想想吧，"我对他说，"我能不能当着你手下那些人的面对你说，米罗诺夫的女儿还活着。他们会把她活活吞下去的，那就没有办法救她了！"

"你说的也是实话，"普加乔夫说。"我那些醉鬼是不会饶过这可怜的姑娘的。幸亏神父夫人把他们瞒过去了。"

"我跟你说，"我看到他情绪不错，便继续说。"我不知道怎么称呼你，也不想知道……可是上帝看得见，我愿意用我的生命报答你为我所做的一切。我只请你不要叫我做有损于我的荣誉和违反基督徒良心的事情。你是我的恩人。请你善始善终：让我和这个苦命的孤女走吧，哪里有路我们就往哪儿走。将来无论你在哪里，无论你的遭遇怎么样，我们每天都要为你祈祷，求上帝拯救你这有罪的灵魂……"

看来，普加乔夫那铁石心肠被感动了。"也好，就照你的意思办吧!"他说。"罚归罚，赏归赏，这是我的习惯。带上你这个美人儿，你愿意往哪儿去就带她往哪儿去吧，愿上帝保佑你们恩爱和睦!"

当下他就嘱咐施瓦勃林给我开一张通过他属下的一切关卡和要塞的通行证。施瓦勃林非常懊丧，站在那里呆若木鸡，普加乔夫动身去巡视要塞。施瓦勃林陪着他，我借口要做起程的准备，一个人留了下来。

我往玛莎的房间跑去。门关着，我敲了敲门。"是谁?"帕拉莎问道。我答应了一声。我听到门里面玛莎那亲切的声音。"等一等，彼得·安德烈伊奇。我在换衣服。你到阿库利娜·潘菲洛夫娜那儿去，我一会儿就来。"

我听她的话，到盖拉辛神父家里去。神父夫妇俩迎着我跑出来。

萨维里奇已经去报过信。"您好，彼得·安德烈伊奇，"神父夫人说。"上帝又让我们见面了。您日子过得好吗？我们每天都想到您。您不在这里，玛莎可吃足苦头了，我的心肝！……您倒说说，亲爱的，您和普加乔夫是怎么谈拢来的？他怎么没有杀死您？是啊，为了这件事还得谢谢那强盗呢。""行啦，老太婆，"盖拉辛神父打断她的话。"就别再瞎扯那些事了。多说没有好处。彼得·安德烈伊奇老爷！请进来吧。我们好久好久没见面了。"

神父夫人把家里现成的东西拿出来招待我，嘴里还不断说着话。她告诉我，施瓦勃林怎样强迫他们交出玛莎；玛莎怎样号啕大哭，不肯离开他们；玛莎怎样通过帕拉莎和他们保持联系（这姑娘多么机灵，她能叫军士服服帖帖地听她的话）；她自己怎样出主意叫玛莎给我写信等等。我也把自己的经历简单地对她说了一下。神父和神父夫人听说普加乔夫知道他们骗了他，吓得直画十字。"上帝保佑我们！"阿库利娜·潘菲洛夫娜说。"让上帝驱散这块乌云吧。让阿列克赛·伊凡内奇快滚开吧，没什么可说的，这家伙是个大坏蛋！"这时门打开了，玛莎走进来，苍白的脸上带着微笑。她脱去了乡下女人的衣服，穿得像往常一样朴素和可爱。

我拉住她的手，好久好久说不出一句话来。我们心中百感交集，因而一直沉默着。主人看到我们顾不上他们，便走开了。我们俩单独留下来，把一切都丢到九霄云外。我们谈呀谈呀，怎么也谈不够。玛莎对我叙说了要塞失陷后她所遭遇的一切，对我描绘了她那极其可怕的处境，卑鄙的施瓦勃林使她遭到的一切悲痛。我们回忆起从前的幸福时光……我们俩都哭了……最后我把我的打算告诉她。把她留在普加乔夫属下由施瓦勃林管辖的要塞里是不行的。到敌军围困下正处于水深火热之中的奥伦堡去也是不可思议的。在世界上她没有一个亲人。我建议她到乡下去找我的双亲。起初她颇为犹豫：因为她知道我父亲不赞成我们这门亲事，这使她害怕。我把她说服了。我知道我父亲一定会把收留为国捐躯的有功军人的女儿看作一处荣幸和责任。"亲爱的玛莎！"最后，我对她说，"我把你看作我的妻子。种种奇遇把我们紧紧地结合在一起；世界上无论什么都不能使我们分开。"玛莎神态自若地听着我的话，既不扭捏作态，也不故作推托。她感到她的命运已经和我连在一起了。可是她重申只有得到我双亲的同意才能做我的妻子。我也没有表示异议。我们热烈而真诚地亲吻了一下，这样我们的事也就定下来了。

过了一小时下士给我拿来一张由普加乔夫胡乱签署的通行证，并要我去见他。我看到他的时候，他已做好准备就要上路。当我跟这个除我以外被大家看作歹徒、恶魔和强盗的人分手的时候，我的感情是无法表达的。为什么不说实话？这时我对他充满了强烈的同情。我热情地希望把他从他所率领的这群强盗中拉出来，趁现在还来得及，挽救他，免得他掉脑门。施瓦勃林和我身旁的人群使我无法对他说出我的心里话。

我们友好地分手了。普加乔夫看见阿库利娜·潘菲洛夫娜也站在人群里，便伸出指头对她指指，还意味深长地对她眨眨眼睛。接着，他坐上马车，嘱咐驶往别尔达村。马匹走动的时候，他又一次从马车里探出头来，对我大声说："别了，尉官先生！后会有期。"我们真的又见面了，可那是在什么情况下啊！……

普加乔夫走了。我久久地望着白茫茫的草原，他的三驾马车在那上面飞驰着。人群散掉了。施瓦勃林也不见了。我回到神父家里。出门的准备工作都已做好，我不想再耽搁。我们的衣物都放在司令那辆旧马车上。车夫十分快就套好了车。玛莎到教堂后面双亲坟墓那里去告别。我想陪陪她，但她要我让她一个人去。过了几分钟，她满面泪痕，默默地回来了。马车已经拉到门口。盖拉辛神父和他的妻子走到台阶上。玛莎、帕拉莎和我三个人坐上马车。萨维里奇爬上驭座。"别了，玛莎，我的宝贝！别了，彼得·安德烈伊奇，可爱的小伙子!"好心的神父夫人说。"一路平安，上帝保佑你们俩幸福!"我们走了。我看见施瓦勃林站在司令住宅的窗口，他脸色阴沉，充满了仇恨。我不愿意在失败的仇人面前显出得意的样子，便把眼睛转向另一边。我们终于驶出要塞大门，永远离开了白山要塞。

第十三章 被捕

世界经典文库

世界二十大名著

上尉的女儿

图文珍藏版

"请别见怪，老爷，按我的职责，
必须把您马上送进牢房。"

"请便，我随时听候处理，不过，
请让我事先说明事实真相。"

——克尼亚日宁

今天早晨我还为这可爱的姑娘忧心如焚，但是现在我竟然意外地和她结合了。我连自己都不相信，还以为这是在做梦呢。玛莎若有所思地一会儿看看我，一会儿看看道路，貌似还没有清醒过来。我们都默默无言。我们内心都太疲乏了。两个小时不知不觉地过去，我们来到最近的一个也是普加乔夫管辖下的要塞。我们在这里换了马。从套马的速度，从那个被普加乔夫委任为司令的大胡子哥萨克的卖力劲儿，我看出，由于帮我们赶车的车夫的饶舌，他们都把我当作普加乔夫的宫廷宠臣。

我们继续赶路。临暮，我们来到一座小城，据大胡子司令说，这里驻扎着一支就要去和自封皇帝会合的精锐部队。哨兵叫我们停下来。他们问我是谁，车夫响亮地回答："皇帝的教亲和他的夫人。" 突然一群骠骑兵怒骂着把我们包围起来。"出来，鬼教亲！" 一个留小胡子的骑兵中士对我说。"立刻叫你和你的夫人知道厉害！"

我跳下马车，要求把我带去见他们的长官，士兵们看见我是一个军官，便不再骂了。骑兵中士带我去见一个少校。萨维里奇寸步不离地跟着我，嘴里嘀咕着："去你的皇帝教亲吧！才离虎口，又入狼窝……主啊！这一切可怎么了结啊？" 马车跟在我后面走着。

过了五分钟，我们来到一座灯火辉煌的小房子前面。骑兵中士把我交给哨兵，自己走进去通报。他马上就回来，对我说，总爷没有空接见我，嘱咐把我送到监狱里，把夫人带到他那里去。

"这是什么意思？" 我狂叫起来。"难道他发疯了？"

"我不知道，老爷，"骑兵中士回答。"总爷只命令把老爷送到监狱里，把尉官夫人带到总爷那里去，老爷！"

我奔上台阶。哨兵没有拦住我，我一直闯进房间里，那里有五六个骠骑兵军官在赌博。一个少校在分牌。我定睛一看，认出了以前在辛比尔斯克旅店里赢了我的钱的伊凡·伊凡诺维奇·祖林。这使我大惊一惊。

"这是真的吗？" 我叫起来。"伊凡·伊凡诺维奇！是你吗？"

"对对对，彼得·安德烈伊奇！是什么风把你吹来的？你是从哪里来的？你好，老弟，一起来打牌吧？"

"谢谢。你最好还是嘱咐拨给我一套住所吧。"

"你要什么住所？就住在我这里吧。"

"不行，我不是一个人。"

"让你的伙伴也住过来呀。"

"我不是跟一个伙伴，我是……跟一位小姐一起来的。"

"跟一位小姐！你是在哪里弄到的？好哇，老弟！"祖林说着，挤眉弄眼地吹了一声口哨，大家哈哈大笑起来，弄得我十分狼狈。

"好吧，"祖林继续说，"就这样。给你一套住所。可惜……不然我们能够像古代那样好好地吃它一顿……喂，小伙子！怎么还不把那个普加乔夫的女教亲带来？是她不肯来吗？告诉她，叫她别害怕，就说这儿的老爷可好啦，不会委屈她的，好好地把她带进来。"

"你这是在说什么呀？"我对祖林说。"什么普加乔夫的女教亲？这是已故的米罗诺夫上尉的女儿。我把她救出来，现在要送到我父亲的乡下去，让她住在那儿。"

"原来如此！刚刚骑兵中士向我报告的就是你吗？恕罪恕罪！可这是怎么回事啊？"

"待会儿我都告诉你。可这会儿，看在上帝面上，请让这可怜的姑娘安安心吧，你的骠骑兵可把她吓坏了。"

祖林马上做了安排。他亲自走到街上向玛莎道歉，说这是出于误会，而且命令骑兵中士把城里最好的房子腾给她住。我就在祖林那里过夜。

我们吃了晚饭，最后剩下我和他两个人，我便把这段奇遇说给他听。祖林十分仔细地听着我的故事。我说完以后，他摇摇头对我说："老弟，这一切都不赖，只有一样不好。你干吗要结婚呢？我是个正派军官，不想欺骗你：请你相信我的话，结婚是件傻事。又要忙着服侍老婆，又要带孩子，这你犯得着吗？唉，算了吧。听我的话：丢开那个上尉的女儿。通辛比尔斯克的路我已经扫清了，路上没有危险。明天打发她自己到你的双亲那里去，你就留在我的部队里。你用不着回奥伦堡去。你如果再落到那些暴徒手里，未必还可以脱身。这样你那种恋爱的傻事也就自然而然地了结，一切就都归于正常了。"

尽管我不完全同意他的话，可是我感到我的光荣职责要求我留在女皇的军队里。我决定听从祖林的劝告，让玛莎到乡下去，我自己留在他的部队里。

萨维里奇来给我脱衣服。我要他明天就和玛莎一起回家。他执意不肯。"少爷，你在说什么？我怎么能离开你？谁来服侍你？你的父母会怎么说？"

我深知我那老家人的固执，便打算用好言好语恳切地说服他。"你是我的好朋友，阿尔希普·萨维里奇！"我对他说。"你听我的话，做做好事吧。我这里不需要人服侍。你如果不陪玛莎回去，我不放心。

你服侍她就是服侍我，因为我已经打定主意，只要环境允许，就立刻和她结婚。"

这时萨维里奇两手一拍，那惊奇的样子是笔墨难以形容的。"结婚！"他重说了一遍。"小孩子想结婚！老爷会怎么说，老太太会怎么想！"

"等他们了解玛莎的为人，他们就会同意的，一定会同意的，"我回答。"我还指望你呢。父亲和母亲都十分相信你：你还要帮我们说话，对不对？"

老头儿感动了。"噢，彼得·安德烈伊奇少爷！"他回答。"你想结婚尽管早了点，但是玛莎实在是个好小姐，如果错过了机会，倒算是罪过。那就听你的吧！我送她这上帝的天使回去，我还要尽力禀告你的父母，说讨这样的媳妇是用不着陪嫁的。"

我谢了萨维里奇，便在祖林的房间里躺下睡觉了。我十分兴奋，话也就多了起来。起初，祖林还快快活活地和我闲聊，但是后来他的话渐渐少了，前后也不大连贯，终于不再回答我的问题，打起呼噜来。我不再说话，一会儿也学他的样——睡着了。

次日早晨，我去找玛莎，把我的打算告诉她。她认为这样做合情合理，立刻就同意了我的意见。祖林的队伍当天就要开拔。没什么可拖延的了。我当时就把玛莎交托给萨维里奇，把一封给我父母亲的信交给她，和她告别。玛莎哭了。"再见，彼得·安德烈伊奇！"她轻声说。"我们能不能见面，只有上帝知道，可是我一辈子也不会忘记您，就你死了我心里也只有您一个人。"我什么也不能回答她。我们周围都是人。我不想当着他们的面流露出激荡在我心里的感情。她终于乘着马车走了。我心里很是难过，默默地回到祖林那里。他想让我快活快活，我也想散散心，所以我们热热闹闹地度过了这一天，傍晚我们就开拔了。

这是二月底的事。造成军队调动困难的冬天已经逐渐过去，我们的将军都在准备密切配合行动。普加乔夫的军队还驻扎在奥伦堡城下。然而政府军都已集结在他的周围，并从四面八方逼近匪巢。暴乱的村子一看见我们的军队就立刻归顺，匪帮到处逃窜，眼看一切就要顺利结束。

不久，戈里岑公爵在塔吉谢瓦要塞击溃普加乔夫，驱散了他那一伙人，解了奥伦堡之围，看来给了这次暴动以最后一次有力的打击。当时祖林被派去攻打叛乱的巴什基尔匪帮，可是在我们发现他们以前，他们都已作鸟兽散了。春天把我们困在一个鞑靼人的村子里。河流泛滥，道路不能通行。我们无所事事，只是想到不久就能够结束这场对强盗和野蛮人进行的枯燥无味的战争才聊以自慰。

但普加乔夫还没有抓到。他跑到西伯利亚的一些工厂里，在那里纠集新的匪帮重新作乱。一些关于他取得胜利的传说又纷纷传开。我们听说西伯利亚一些要塞都遭到破坏。不久，又有消息说喀山失守，这个僭皇正在向莫斯科进犯，这使军队的长官们大为惊慌。他们原来都高枕无忧，指望这个可鄙的暴徒无力抵抗。祖林接到横渡伏尔加河的命令。

我不准备描写我们的进军和战争的结局。我只简单地说一说，我们的灾难已经达到了顶点。我们走过一些被暴徒毁坏殆尽的村子，又不得不把贫苦的居民们抢救下来的东西夺走。所有的行政机关都瘫痪了：地主们都躲到树林里去。匪帮到处横行作恶；各部队的长官都随意赏罚，这遍地烽火的广阔地带的景象是极其悲惨的……但愿上帝别让你看到这毫无意义的残酷无情的俄国叛乱！

普加乔夫被伊凡·伊凡诺维奇·米赫尔逊追得到处逃窜。不久我们就听到消息，说他的军队已完全被击溃。祖林终于得到这个僭皇已被捕获的消息和停止追击的命令。战争结束了。我终于能够到我的双亲那里去了！我一想到能够拥抱他们，能够看见杳无音信的玛莎，不禁快活得要发狂。我像小孩子那样蹦啊跳啊。祖林耸耸肩膀，笑着说："嘿，你可别快活得太早！一结婚，你就会完蛋的！"

然而，一种稀奇的感觉却使我的欢乐带上几分愁闷。我想到这个双手沾满这么多无辜牺牲者的鲜血的强盗，想起等待着他的死刑，心里不禁惶惶不安起来："叶美里亚，叶美里亚！"我伤心地想到，"你为什么没有死在刺刀上，也没有死在炮弹下呢？你不会有更好的结局的。"叫我有什么办法呢？我一想到他，也就想到在他一生中最可怕的时刻里，他饶恕了我，想到他从卑鄙的施瓦勃林手中搭救了我的未婚妻。

祖林给了我假期。再过几天，我就能够回到亲人当中，能够再一次看到我的玛莎……蓦地一声晴天霹雳把我轰得目瞪口呆。

我预定起程的那一天，在我已准备好就要上路的那一刻，祖林手里拿着一张纸，忧心忡忡地走进我的屋子。我心里一震。我自己也不知道为什么害怕起来了。他叫我的勤务兵出去，告诉我，说他有事找我。"什么事？"我忐忑不安地问道。"一件不愉快的小事，"他把纸递给我，回答道。"你看一看，这是我刚刚收到的。"我一看，是一张机密的通缉令，命令各部队长官无论我在什么地方，务必将我逮捕并马上押送喀山，交给普加乔夫案件审查委员会。

这张纸几乎从我手里掉下去。"我爱莫能助哇！"祖林说。"我的天职是服从命令。或许政府听到你和普加乔夫一起友好旅行的流言了。我希望这件事不会有什么严重后果，希望你能向委员会证明自己无罪。别悲伤，你去吧。"我的良心是清白的，我不怕审查，但一想到我那甜蜜的会面也许还要推迟好几个月，我就觉得害怕。马车已经准备好了。祖林友好地和我道别。我被押进马车，两个骠骑兵手执明晃晃的马刀跟我坐在一起，我们沿着大路出发了。

第十四章　审判

世上的流言，

海上的波澜。

——谚语

我深信，这一切都是由于我擅自离开奥伦堡造成的。我能轻而易举地证明自己无罪：单骑出击不仅从来不禁止，并且是全力鼓励的。我可能被指控过分急躁，而不是违抗军令。可是我和普加乔夫的交情可能会有许多人出来作证，至少是相当可疑的。一路上我都在想着面临的审讯，反复斟酌自己的回答，我决定对法官说出真情，我认为这种辩护方法是最简单的，也是最可靠的。

我到了被洗劫一空和焚毁的喀山。街上没有房屋，只有一堆堆焦炭和一堵堵没有屋顶和窗户的熏黑的颓垣断壁。这就是普加乔夫留下的残迹！我被送到这座被焚毁的城市里一座幸存的要塞里面。两个骠骑兵把我交给值班军官。他嘱咐叫来铁匠。他们给我上了脚镣，而且把脚镣钉死；然后把我带到监牢里，单独关进一间又小又黑的牢房，那里只有几堵光秃的墙和一个装着铁栅的小窗。

这样的开端可不是好兆头。但是我既没有失去勇气，也没有失去希望。我采取了所有伤心的人所采取的自我安慰的办法，我从纯洁然而破碎的心灵中向上帝发出祷告，我第一次尝到这种祈祷的甜味，我已不担心将来会对我怎么样，安详地睡着了。

次日看守把我叫醒，说委员会要传讯我。两个士兵带着我穿过一个庭院，走进司令部，他们在前厅里站住，把我一个人放进里面的房间。

我走进一个相当宽敞的大厅。在一张堆满文件的桌子后面坐着两个人：一个上了年纪的将军，神情严厉而冷峻；一个年轻的近卫军上尉，约莫二十八岁，外表相当讨人喜欢，举止灵活潇洒。窗子旁边一张单独的桌子后面坐着一个书记，他耳朵上夹着一支笔，俯身在纸张上，准备记录我的口供。审讯开始了。他们问了我的姓名和军衔。将军问我是不是安德烈·彼得罗维奇·格里尼奥夫的儿子。听了我的回答，他不以为然地严厉说："可惜，这样一位可敬的人竟养了这么个不肖儿子！"我从容不迫地回答说，无论控告我什么罪名，我都希望真心诚意地说明真情，以便澄清事实。我的自信使他相当不快。"老弟，你真机灵。"他皱着眉头对我说，"但是比你机灵的人我们也见过！"

这时年轻人问我：在什么情况下和什么时候，我到普加乔夫那里去任职，他叫我办过哪些事。

我气愤地回答，我是一个军官和贵族，我根本不会到普加乔夫那里去任职，也不会接受他交办的事情。

　　"一个贵族和军官，"我的审讯者反驳我说，"在他的同事全被残酷杀害的时候，怎么会单独被僭皇赦免呢？这个军官和贵族又怎么会和暴徒一起像朋友一样饮宴，还接受那个强盗头子的礼物、皮大衣、马匹和半个卢布呢、怎么会产生这种稀奇的交情，而这种交情倘若不是出于背叛，或者至少是出于卑劣和有罪的怯懦，那又是出于什么呢？"

　　我被这个近卫军军官的话深深激怒，便激动地辩白起来。我对他叙述了在那次暴风雪中我怎样在草原上和普加乔夫认识，在白山要塞陷落时他怎样认出我来，并且没有杀害我。我说，我确实接受了僭皇送的皮袄和马匹，可是在保卫白山要塞时，我是尽了一切力量去抵抗这些强盗的。最后我还说到我的将军，我说，他能够证明，我在奥伦堡被围的最艰苦的时刻所表现出来的忠诚。

那个严厉的老人从桌上拿起一封拆了封的信，读出声来：

"承大人询及格里尼奥夫准尉之事，云该准尉似已卷入此次叛乱，并与匪徒勾结，实为军法所不容，并违背昔日之誓言，兹将有关事实奉告如下：该格里尼奥夫准尉在奥伦堡供职时间为一七七三年十月初至今年二月二十四日，是日彼擅自离城，后未返回我部。据降匪供述，彼曾进入普加乔夫驻扎之村庄，并偕同该匪前往昔日供职之白山要塞。至于彼之行为，鄙人则可……"读到这里，他停了下来，严厉地对我说："你现在还有什么好为自己辩护的？"

我本想一如开头说明其他情况那样诚心诚意地继续说明我和玛莎的关系，但突然产生了一种无法抑制的厌恶心情。我想到，倘若我提起她的名字，那么委员会一定会传她到庭讯问。一想到她的名字将会和那些恶徒的卑鄙诬告搅在一起，还要把她传来和他们对质，这种可怕的想法使我大吃一惊，我犹豫起来，心绪也乱了。

我的法官起初大概还想好好地听我回答，这时看到我的慌乱，又对我抱起成见来了。近卫军军官要求我和主要的告发人对质。将军立刻命令传昨天那个恶徒。我急忙朝门口转过身去，想看看告发我的人是谁。过了几分钟，响起一阵铁链声，门开了，进来的是——施瓦勃林。他的变化使我大吃一惊。他瘦得十分厉害，脸色极其苍白。他的头发不久前还是漆黑的，现在竟完全白了；长长的大胡子也蓬乱不堪。他的声音微弱然而一点都不害臊地重复了他的控告。照他的说法，我是普加乔夫派到奥伦堡的奸细，每天出击是为了送交有关城里活动的情报，最后竟公开投降僭皇，和他一起去视察各个要塞，千方百计谋害叛变的旧日同事，以便篡夺他们的职位，博得僭皇的奖赏。我默默地听完他的胡言乱语，有一点我十分满意：这是卑鄙的家伙没有提到玛莎的名字。这不知是不是因为玛莎曾经轻蔑地拒绝过他，想到这一点，自尊心就使他觉得悲痛；或者是因为他心里也藏着促使我保持沉默的那种感情的火花。总之，在审讯中一直没有提到白山要塞司令女儿的名字。我的决心更加坚定了。所以，当法官问我如何反驳施瓦勃林的控告时，我回答，我坚持我最初的说明，除此以外，我没有别的话好辩护。将军命令把我们带走。我们一起走出去。我镇定自若地瞧了施瓦勃林一眼，但一句话也没有对他说。他恶狠狠地冷笑了一声，提起锁链，走到我前面去，加快了步子。我又被带回监狱，从此就没有再提审过我。

下面要告诉读者的故事都不是我亲自经历的，可是我听到的次数太多了，所以连一些细枝末节都记得十分明白，仿佛我也无形中在场一样。

我的双亲真挚热情地接待了玛莎，这是旧时代人们的特点。他们认为有机会收留而且亲切款待一个不幸的孤女是上帝赐给的恩惠。不

世界经典文库

世界二十大名著 上尉的女儿

图文珍藏版

久他们就由衷地喜欢她了，因为在深切地了解她以后就不能不爱她。父亲已经不把我的恋爱看作胡闹，而母亲则一心希望她的小彼得能娶这个可爱的上尉的女儿。

听到我被捕的消息，全家都大为震惊。玛莎老老实实地把我跟普加乔夫的奇遇告诉了我的双亲，他们听了不但不觉得担心，并且还常常坦然地笑起来。父亲不相信我会参与这种旨在推翻皇上和消灭贵族的可鄙的叛乱。他严厉地讯问了萨维里奇。我的老家人并不隐瞒小主人曾经到过叶美尔卡·普加乔夫那里，并且这个强盗待他不错等事实，可是他赌咒发誓说他从来没有听说过叛变的事。两位老人家放心了，他们都急切地等待着好消息。玛莎整天都提心吊胆，可是她并没有说什么，因为她天生十分谦和谨慎。

又过了几个礼拜……父亲突然收到我们的亲戚Ь公爵从彼得堡寄来的信。公爵写的是我的事情。在例行的寒暄之后，他告诉父亲，关于我参与暴徒阴谋造反的嫌疑不幸已经得到充分证实，本应将处死以儆效尤，但女皇陛下考虑到父亲的功绩和高龄，决定减轻罪儿的刑罚，免于可耻的死刑，只命令发配遥远的西伯利亚边疆，终身流放。

这个突如其来的打击几乎送掉我父亲的命。他不再像往常那样坚强，他那往往是无言的悲痛，现在表现出来了，因而常常发出悲痛的怨诉。"怎么！"他失去自制力时，老是说，"我儿子参加了普加乔夫的阴谋！公正的上帝啊，瞧我落到什么境地了！女皇免了他的死刑！

难道这样我就好过些了吗？死刑倒不怕：我的祖先为了维护他良心上认为神圣的东西，死在刑场上；父亲同沃伦斯基、赫鲁晓夫一起遇难。但是一个贵族竟背叛自己的誓言，勾结强盗、杀人犯、逃走的奴隶！……这是我们家的奇耻大辱！……"他的绝望使母亲非常惊慌，她不敢当着他的面哭，还竭力加以劝解，对他说，这些流言并不可靠，人们的谈论常常是靠不住的。但是怎么也安慰不了父亲。

玛莎比谁都悲痛。她深信，只要我愿意，我就能够证明自己无罪，她也猜到了事情的真相，认为她自己是造成我不幸的缘由。她藏起眼泪和悲痛，同时还不断思索营救我的办法。

一天晚上，父亲坐在沙发上翻阅《皇家年鉴》，但他的思想早已飞到很远的地方，所以书并没有读进去。他用口哨吹着一支古老的进行曲。母亲默默地打着毛线衣，眼泪不时滴在毛衣上。玛莎也坐在那里做手工，突然她说要到彼得堡去，要求给她必要的盘川。母亲十分悲伤。"你到彼得堡去干什么？"她说。"玛莎，你是不是也想离开我们呢？"玛莎回答说，她未来的命运全决定于这次远行，她要以一个殉国者女儿的身份去请求一些有权势的人保护和帮助。

我父亲低下头：凡是能使他想起儿子的莫须有罪名的话都使他觉得心如刀割，这些话在他看来就是一种带刺的谴责。"你走吧，亲爱的！"他叹了一口气对她说，"我们不想妨碍你的幸福。愿上帝赐给你一个好人做丈夫，而不是一个卑劣的叛徒。"他站起来，走出房间。

玛莎单独和母亲留在房间里，她把自己的打算和母亲说了一下。母亲含泪抱住她，祈求上帝保佑她的计划可以完满实现。家里给玛莎打点了行装，过了几天她便带着忠心的帕拉莎和忠心的萨维里奇上路了。萨维里奇自从被迫离开我之后，想到他是在服侍我的未婚妻，他心头至少也得到了一点安慰。

玛莎顺利地来到了索菲亚，她在驿站打听到御驾当时正在皇村逗留，便决定在那里住下。驿站上给她腾出一个用隔板隔开的小角落。驿站长的妻子立刻和她攀谈起来，告诉她，说她自己是宫廷里一个烧炉工的侄女，并把宫廷生活中所有的秘密告诉她。她告诉玛莎，女皇一般几点钟醒来，几点钟喝咖啡、散步，那时在场的有哪些大臣，她昨天进膳的时候说了些什么，晚上接见了什么人，总之，安娜·弗拉西耶夫娜的话能够写好几页历史，对于后代将是十分珍贵的史料。玛莎十分仔细地听着她的话。她们一起到来花园。安娜·弗拉西耶夫娜给她说了每一条小径和每一座小桥的历史，她们玩够之后，便回到驿站，彼此都十分投契。

次日一早，玛莎醒来，穿好衣服，便偷偷到花园去了。早晨的景色无比瑰丽。太阳照耀着被秋天的寒风吹得发黄的菩提树树梢。宽广的湖面平静地闪耀着。刚刚睡醒的天鹅庄重地从覆盖着湖岸的灌木丛中浮游出来。玛莎来到一片葱茏的草地边上，那里刚刚建立了彼得·亚历山德罗维奇·鲁缅采夫伯爵的纪念像，以纪念他不久前取得的胜利。突然一条英国种的小白狗吠叫着向她跑来。玛莎相当害怕，连忙站住。就在这时候响起了一个女人悦耳的声音："别怕，它不会咬人。"这时玛莎看见一个贵太太坐在纪念像对面的长椅上。玛莎也在长椅的另一头坐下。那贵太太注视着她；玛莎也用眼梢瞟了她几眼，把她从头到脚打量了一下。那贵太太身穿白色晨衣和背心，头上戴着寝帽。她看上去有四十岁光景。她的脸丰满而红润，显得尊贵而又安详，她那对浅蓝色的眼睛和她的微笑具有一种笔墨难以形容的美。贵太太首先打破沉默：

"您好像不是本地人吧？"她说。

"你说的是，我昨天刚从外省来到这里。"

"您是和您的亲属一起来的吗？"

"不是的。我是一个人来的。"

"一个人！但是您还这么年轻。"

"我没有父母了。"

"您到这儿来总有什么事情吧？"

"您说的是，我到这儿来，是来向女皇上书的。"

"您是个孤女：您想必是来上诉什么不公正和欺侮您的事吧？"

"不是的。我是来请求女皇的恩典，而不是来申冤的。"

"请问您是谁？"

"我是米罗诺夫上尉的女儿。"

"米罗诺夫上尉的女儿！就是在奥伦堡一个要塞里当司令的那个米罗诺夫吧？"

"您说的是。"

这贵太太看来颇受感动。"请原谅，"她用更亲切的语气说，"我干预了您的事。可我是宫廷里的人，请您告诉我您有什么请求，也许我能帮助您。"

玛莎站起来，恭恭敬敬地向她道了谢。这位不相识的贵太太的言行不由得打动了她的心，博得了她的信任。玛莎从口袋里拿出一张叠好的纸，交给这位不相识的庇护者，而她马上就默默地读了起来。

起初她又认真又同情地读着，突然她的脸色变了，玛莎正注视着她的一举一动，看见这张一分钟之前还那么愉快安详的脸突然变得这么严厉，她大吃一惊。

"您是来为格里尼奥夫求情的吗？"贵太太冷冷地问道。"女皇不会赦免他的。他投靠那个僭皇不是由于无知和轻率，他是一个行为不轨的歹徒。"

"哦，事实不是这样！"玛莎大声说。

"怎么不是这样！"贵太太涨红了脸，反驳道。

"不是这样，真的不是这样！一切我全知道，我全告诉您。他是为了我一个人才落到今天这种境地的。他不愿意在法庭上为自己辩护，是因为不想把我牵连进去。"于是她急切地把读者已经知道的一切都对贵太太说了。

贵太太仔细地听完她的叙述。"您现在住在哪儿?"后来她问道。听说住在安娜·弗拉西耶夫娜那里,她脸带微笑说:"哦!我知道了。再见吧。我们见面的事对谁也别说。我想,不要太久您就会得到对这封信的答复的。"

说着,她站起来,走进树荫蔽日的小径,玛莎也满怀着高兴的希望回到安娜·弗拉西耶夫娜那里去。

女主人责备她不该在秋天的早晨出去散步,据她说,这对年轻姑娘的健康有害。她拿来茶炊,在喝茶的时候,她刚要没完没了地谈那些宫廷里的故事,突然有一辆宫廷马车在台阶前停下,宫廷总管进来说,女皇请米罗诺娃姑娘进宫去。

安娜·弗拉西耶夫娜觉得十分惊奇,接着就手忙脚乱起来。"哎哟,天哪!"她嚷嚷着。"女皇宣您进宫了。她是怎么知道您的?亲爱的,可您怎么进宫去见女皇呀?我想,您在宫里连怎么走路也不懂……要不要我送您去?遇到什么事我多少还能提醒提醒您。您穿着这身路上的衣服怎么好去呢?要不要差人到接生婆那里向她借那件黄礼服?"宫廷总管说,女皇要玛莎一个人去,就穿着这身衣服。毫无办法,玛莎便乘上马车进宫去了。临行,安娜·弗拉西耶夫娜还提醒她好多事,而且频频祝福她。

玛莎预测到我们的命运就要决定了。她的心猛烈地跳动着,几乎透不过气来。过了几分钟，马车在皇宫前停住。玛莎战战兢兢地走上台阶，宫门在她面前完全打开。她走过一长串空无一人的金碧辉煌的房间，宫廷总管给她引路。最后走到两扇紧闭着的门前，他说他立刻进去通报，把她单独留在门口。

一想到立刻就要面对面看到女皇，她心里十分害怕，好容易才勉强支持住。过了一会儿，门开了，她走进女皇的梳妆室。

女皇坐在梳妆台前面。几个宫廷侍从侍立在她左右，恭敬地给玛莎让路。女皇十分亲切地向她转过身来，玛莎马上认出，这就是几分钟之前她与之坦率地说明事实真相的那位贵太太。女皇叫她过去，笑容可掬地对她说："我相当快活可以履行我的诺言，而且答应您的请求。您的事了结了。我确信您的未婚夫是无罪的。这封信请费心亲自交给您未来的公公。"

玛莎伸出发抖的手接过信，哭着俯伏在女皇脚下，女皇把她扶起来，而且吻了她一下。女皇又跟她谈了一阵话。"我知道您并不富裕，"她说，"而我也应该照拂米罗诺夫上尉的女儿。别为将来担心。我负责给您创建家业。"

女皇对这不幸的孤女抚慰了一番，便让她走了。玛莎乘上刚才那辆宫廷马车离开了皇宫。安娜·弗拉西耶夫娜迫不及待地等着她回去，向她接二连三地提出一大堆问题，玛莎只是简单回答了她几句。安娜·弗拉西耶夫娜尽管对她的健忘十分不满意，但认为这是外省人的脑腆，便宽宏大量地原谅了她。玛莎也不想看彼得堡一眼，当天就回乡下去了……

彼得·安德烈耶维奇·格里尼奥夫的回忆录到此结束了。从家庭传说里我们知道，奉女皇的圣谕他在一七七四年底被释放；我们还知道，处死普加乔夫的时候他也在场，普加乔夫在人群中认出他，并向他点点头。过了几分钟普加乔夫那颗血淋淋的头就被挂起来示众了。没过多少，彼得·安德烈耶维奇娶了玛莎。他们的后代在辛比尔斯克省安居乐业。离×××三十里的地方有一座属于十个地主的村庄，在一间地主的厢房里挂着一封用镜框镶起来的叶卡特琳娜二世御笔亲书的信件。这封信是写给彼得·安德烈耶维奇的父亲的，信中宣布他的儿子无罪，赞扬米罗诺夫上尉的女儿的贤德。彼得·安德烈耶维奇·格里尼奥夫的手稿我们是从他的一个孙子那里得到的，他知道我们正在研究他的祖父所描写的那个时代的著作。我们取得家属的同意，决定单独出版这份手稿，而且给每一章配上合适的题词，还冒昧改掉一些人的真实姓名。

出版者

一八三六年十月十九日

附录　删去的一章

　　我们来到离伏尔加河不远的地方，我们团开进了××村，就在那里宿夜。村长告诉我，对岸所有的村庄都暴动了，到处是普加乔夫匪帮的人马。这个消息使我大为不安。我们原定次日早晨才渡河。我心里十分焦急。我父亲的村子在河对岸三十里的地方。我问能不能找到渡河的船夫。所有的农民都会捕鱼，小船许多。我到格里尼奥夫那里去，对他谈了自己的打算。"当心点，"他对我说，"一个人过去太危险。等到明天早晨吧。到那时我们先过去，为了防备不测，我们带五十个骠骑兵到父母亲那里去。"

　　我坚持自己的意见。小船准备好了。我和两个船夫坐上船。他们解了缆，便划起桨来。

　　天空是明朗的。月亮照耀着。没有风。伏尔加河平静地流着。小船缓缓地晃动着，在黑沉沉的波浪上走得不慢。我沉浸在遐想里。大约过了半小时，我们已经到了河心……两个船夫突然偷偷地说起话来。"什么事？"我清醒过来，问道。"不知道，天晓得，"船夫们望着一个地方，回答着。我顺着他们观望的方向看去，看见朦胧的夜色中有个东西顺着伏尔加河往下漂来。这个黑糊糊的东西渐渐靠近我们了。我嘱咐船夫停下来等它。月亮隐入了云层。漂浮的黑影更加模糊了。它已经离我不远。可我还是看不明白。"这究竟是什么东西？"船夫们说。"帆不像帆，桅不像桅……"蓦地月亮钻出了云层，照亮了这个可怕的场面。朝我们漂来的是一个竖在木筏上的绞架，横梁上吊着三具尸体。我心里充满一种悲痛的好奇心。我特别想看看这三具尸体的面孔。

船夫们按照我的嘱咐，用钩杆钩住木筏，我的小船便靠上漂浮的绞架。我跳上木筏，站在两根吓人的柱子当中。明亮的月光照亮了死者可怕的面孔。其中一个是年老的楚瓦什人，另一个是俄罗斯农民，是个年约二十岁的强壮小伙子。当我抬起眼睛看第三个的时候，我不禁大吃一惊，竟忍不住惨叫起来：这是凡卡，我可怜的凡卡，他竟那么懵懂，去投奔普加乔夫。他们头顶上方钉着一块黑色木板，用不小的白字写着："强盗和暴徒。"船夫们用钩杆钩住木筏，无动于衷地看着，等着我。我又坐到小船上。木筏顺流往下漂去。在昏暗的夜色中绞架有好久还隐隐约约能够看见。它终于消失了，这时我的小船也靠上了又高又陡的河岸……

我慷慨地付了船资。一个船夫带我去找渡口附近一个村庄的村长。我和他一起走进一座小屋。村长听说我需要马，对我非常无礼，但我的向导轻轻地对他说了几句话，他立刻改变了那冷漠的态度，对我殷勤招呼起来。一会儿三驾马车就套好了，我登上马车，嘱咐把我送到我家的村子去。

我的马车顺着大路疾驰着，一路驶过不少沉睡的村庄。我只怕被半路上拦住。夜里我在伏尔加河遇到的事情既证实这里有暴徒，同时也证明了政府正在有力地抗击。为了防备万一，我口袋里既放着普加乔夫开给我的通行证，也放着格里尼奥夫上校的命令。可是我谁也没有碰到，到早晨我已经看见了一条小河和一片云杉林，那后面就是我家的村子了。车夫给马抽了一鞭，过了一刻钟，我的马车便进了××村。

我家的宅院在村子的另一头。马匹疾驰着，到了街当中，车夫突然拉紧缰绳，放慢了速度。"怎么回事？"我心急火燎地问道。"有岗哨，老爷，"车夫一边吃力地勒住狂奔的马匹，一边回答。真的，我看见路上安着鹿砦，还有一个持着木棍的哨兵。那个庄稼汉走到我跟前，脱下帽子，问我要证件。"这是什么意思？"我问他，"干吗要安鹿砦？你在给谁站岗？"

"噢，是这样，老爷，我们造反了，"他抓抓头皮，回答道。

"你们的老爷和夫人在哪里？"我的心一阵阵抽紧，问道……

"你们的老爷和夫人在哪里？"庄稼汉重说了一遍。"我们的老爷和夫人在谷仓里。"

"怎么在谷仓里？"

"安德留哈，我们的录事，给他们上了脚镣，准备送到皇帝那里去。"

"我的天哪！傻瓜，把鹿砦搬掉。你还站着干什么？"

哨兵迟疑着。我跳下马车，啪的一下打了他一记耳光（罪过），自己动手搬掉鹿砦。庄稼汉呆呆地看着我。我又坐上马车，嘱咐驶往地主的庄院。谷仓造在院子里。紧闭的仓门旁边也站着两个持木棍的庄稼汉。马车就停在他们面前。我跳下马车，向他们奔去。"把门打开！"我对他们说。我的样子准是十分可怕的。至少他们丢下木棍跑了。我想砸掉锁，撞开门，但门是橡木做的，锁也不小，砸不开。这时一个身材匀称的年轻庄稼汉从下人居住的小屋里走出来，傲慢地问我怎么敢在这里胡闹。"录事安德留什卡在哪里？"我对他嚷道。"叫他来见我。"

"我就是安德烈·阿法纳西耶维奇，而不是什么安德留什卡，"他两手叉腰，神气活现地回答我，"你要干什么？"

我没有回答他，一把抓住他的衣领，把他揪到谷仓门口，叫他开门。录事本来还想犟一下，但严父的惩罚对他起了作用。他拿出钥匙，开了仓门。我奔进谷仓，屋顶上一条狭小的隙缝透进一点微弱的光线，就在这点光线微微照亮的黑暗角落里，我看见了母亲和父亲。他们的手都被捆着，双脚戴着足枷。我扑过去，抱住他们，一句话都说不出来。他们惊奇地瞧着我，三年的军伍生活使我大大变了样，他们竟认不出我来了。后来母亲吃惊地叫了一声，簌簌地掉下了眼泪。

突然我听见一个亲切而熟悉的声音。"彼得·安德烈伊奇！是您吗？"我呆住了……我往四下里看了看，才发现玛莎蹲在另一个角落里，也被捆绑着。

父亲瞧着我，一句话也说不出来，他连自己都不敢相信了。他脸上现出快活的神色。我急忙用马刀割断捆住他们的绳结。

"你好，你好，我的好彼得，"父亲紧紧抱住我，对我说，"荣耀归于上帝，终于盼到你回来了……"

"我的好彼得，我的好孩子，"母亲说。"上帝是怎么把你带到这里来的！你身体好吗？"

我想赶快带他们离开这囚禁的地方，但走到门口，发现门又锁上了。"安德留什卡，"我喊叫着，"开门！""没这么便宜！"录事在门外回答。"在这里坐着吧。让我们教会你怎么胡闹和揪皇帝的官员的领口吧！"

我扫视着谷仓，看看有没有办法跑出去。

"别白费心思啦，"父亲对我说，"我可不是这样一个糊涂主人，会在仓库里留个窟窿，让小偷爬进爬出。"

母亲看见我回来，乐了一会儿，现在看到我也得和全家一起送命，便完全绝望了。但是我自从和他们，和玛莎在一起的时候起，便安心得多。我随身带着一把马刀和两支手枪，我还能对付他们的围攻。格里尼奥夫晚上能够赶到这里来解救我们。我把这些情况告诉父母亲，母亲也就放心了。他们又完全沉浸在团聚的欢乐中。

"唉，彼得，"父亲对我说，"你也淘气得够了，我为你着实生了好大的气。不过，过去的事不用再提。我想你现在已经改正，不再胡闹了。我知道你正在像一个正派的军官那样服务。谢谢你，你使我这老头子得到了安慰。你这次如果救了我的命，那我就活得更舒心了。"

我含泪吻着他的手，同时望着玛莎，她看到我在这里，是那么快活，显得十分高兴和放心。

快到中午的时候，我们听见一阵不同寻常的喧哗和叫嚷声。"是怎么回事，"父亲说，"是不是你的上校来了？""不可能，"我回答。"他在傍晚以前是不会来的。"喧闹声更响了。敲起了警钟。一些骑马的人在院子里奔跑着。这时萨维里奇那白发苍苍的头从狭小的壁缝中探了进来，我那可怜的老家人忧伤地说："安德烈·彼得罗维奇，阿芙多季亚·华西里耶夫娜，我的少爷彼得·安德烈伊奇，玛莎小姐，糟了！强盗进村了。你可知道，彼得·安德烈伊奇，那领头的是谁？施瓦勃林，阿列克赛·伊凡内奇，让鬼把他抓去！"玛莎听到这可恨的名字，吓得把两手一拍，呆住了。

"我跟你说，"我对萨维里奇说，"立刻派人骑马到渡口去找骠骑兵团，把我们的危险报告上校。"

"少爷，可派谁去好呢！那些坏家伙都造反了，马全让他们抢走了！唉！他们已经到院子里，快到谷仓了。"

这时，门外响起几个人的说话声。我示意母亲和玛莎避到墙角去，我马上拔出马刀，躲在门背后的墙边，父亲拿着两支手枪，扣住扳机，站在我身旁。响起开锁的声音，门打开了，录事的头探了进来。我挥起马刀朝他吹下去，他倒下来，把进口堵住了。就在这时候，父亲往门外开了一枪。包围我们的人群咒骂着跑掉了。我把受伤的录事拖到门外，从里面把门闩住。院子里挤满了武装的人。我看到施瓦勃林也在那里。

"别怕，"我对女眷们说，"还有希望。爸爸，您别再开枪了，要爱惜剩下的这点火药。"

母亲沉默不语地祷告着，玛莎站在她旁边，如同天使一样安详地等着决定我们的命运。门外响起一阵恐吓声和谩骂声。我站在原来的地方，准备把敢于闯进来的人剁个稀巴烂。强盗们突然停止了叫骂。我听见施瓦勃林的声音，他叫着我的名字。

"我在这里，你想做什么？"

"投降吧，布拉宁，反抗是没有任何作用的。可怜一下你家里的老人吧。顽抗救不了你的命。我能打进去的！"

"你试试就知道了，叛徒！"

"我不需要亲自闯进去，也没必要让我的人去冒险。我仅需下令烧掉谷仓，那时看你这个白山要塞的堂吉诃德有什么办法。现在要吃中饭了，暂时让你坐在那儿想一想。再见，玛莎，我没有对不起您，您和您的骑士一起呆在黑暗里，也许不会寂寞吧。"

施瓦勃林在谷仓旁布置好岗哨便走开了。我们都默不作声，各怀心事，谁也不敢把自己的想法告诉别人。我想象着凶狠的施瓦勃林所能干得出来的各种事情。我几乎不考虑自己的安危。这还用我说吗？双亲的命运也没有玛莎的命运那样使我担心。我知道，母亲深得农民和下人的爱戴，父亲虽然十分严厉，但也是受到敬爱的，因为他为人公正，而且了解手下人的真正困难。他们的造反是由于懵懂，由于一时的糊涂，而不是为了发泄仇恨。我的父母一定会得到他们的宽大。但是玛莎呢？那个好色和无耻的家伙会怎么对待她呢？这太可怕了，我不敢再想象下去，我宁可杀死她（上帝饶恕），也不能看到她再次落到这个残酷的仇人手里。

又过了将近一个小时。村子里响起那些喝醉的人的歌声。那些看守我们的哨兵十分嫉妒他们，却拿我们来出气，他们破口大骂我们，威吓着要拷打和杀死我们。我们等待着施瓦勃林实行他的威胁。院子里终于来了大批人马，于是我们又听见施瓦勃林的声音。

"怎么，你们想好了吗？情愿向我投降吗？"

谁也没有回答他。等了一会儿，施瓦勃林便命令搬干草来。过了几分钟，火烧起来了，火光照亮了昏暗的谷仓，烟从门槛下面的隙缝里灌进来。这时，玛莎走到我跟前，拉住我的手，轻声说：

"算了！彼得·安德烈伊奇！别为我毁了您，毁了您的父母。您放我出去。施瓦勃林会听我的话的。"

"说什么也不行，"我生气地叫嚷着。"您知道，他会把您怎么样吗？"

"我决不受侮辱，"她平心静气地回答。"但是我也许会救出我的恩人和你们全家。你们那么宽宏大量地收留了我这不幸的孤女。别了，安德烈·彼得罗维奇，别了，阿芙多季亚·华西里耶夫娜。你们不仅仅是我的恩人，祝福我吧。也要请您原谅我，彼得·安德烈伊奇，请您相信，我……我……"这时她哭了起来……用双手掩住面孔。我简直要发疯了。母亲也哭个不停。

"别再瞎说了，玛莎，"我父亲说。"谁能放你一个人到强盗那里去呢！你坐下，别哭。要死我们就死在一块儿。听好，他们还在那儿说什么？"

"你们投降不投降？"施瓦勃林叫嚷着。"你们看见了吗？再过五分钟就要把你们烤熟了。"

"决不投降，强盗！"父亲坚定地回答他。

他那布满皱纹的脸神采奕奕，精神极其饱满，灰白的眉毛下，一双眼睛闪耀着威严的光芒。他转过脸来，对我说：

"是时候了！"

他把门打开。火焰一下子窜进谷仓，呼的一声卷上布满干苔藓的圆木搭成的墙壁。父亲打了一枪，跨过着火的门槛，喊道："都跟我来。"我拉着母亲和玛莎的手，急忙把她们带到外面。施瓦勃林被我父亲那衰老的手开枪击伤，瘫倒在门槛旁边。那群强盗没料到我们会突然冲出来，都四散跑开，但他们又鼓起勇气，把我们包围起来。我又挥起马刀砍了几下，可是一块砖头击中了我的胸膛。我倒下去，马上失去了知觉。我醒来时，看见施瓦勃林坐在染满鲜血的草地上，我们全家都在他面前。我被暴徒们架起来。一群农民、哥萨克、巴什基尔人围住我们。施瓦勃林脸色惨白。他用一只手按住受伤的腰部。脸上充满了悲痛和仇恨。他慢慢抬起头，瞧了我一眼，用微弱的声音说：

"把他……和他们全绞死……除了她……"

强盗们马上围住我们，叫喊着把我们朝大门口拖去，但是突然丢下我们四散逃走；格里尼奥夫骑着马冲进大门，他后面是一连挥着雪亮马刀的骑兵。

暴徒落荒而逃，骠骑兵追逐着他们，朝他们身上砍着，把他们俘虏。格里尼奥夫跳下马背向我的父母亲鞠躬，紧紧地握住我的手。"我恰好赶到，"他对我们说。"啊！这是你的未婚妻嘛。"玛莎的脸羞红到了耳根。父亲走到他跟前，尽管十分激动，却相当镇静地向他表示感谢。母亲拥抱了他，称他是救命天使。"请赏光到舍下一叙。"父亲对他说，把他带到我们家里。

走过施瓦勃林身边时，格里尼奥夫停住脚步。"这是谁?"他望着受伤的人问道。"这是领头的，匪帮的头目。"我父亲显示出一个老军人的骄傲神气，回答说。"上帝保佑我用这只衰老的手惩罚了这个年轻的强盗，为我儿子所流的血报了仇。"

"这是施瓦勃林，"我对格里尼奥夫说。

"施瓦勃林！太好了。来人！把他带走！让军医给他包扎一下，像保护眼睛那样保护他。必须把施瓦勃林送到喀山秘密委员会去。他是一个主要案犯，他的供词十分重要。"

施瓦勃林睁开虚弱的眼睛。他的脸上除了肉体上的悲痛没有别的表情。骠骑兵们用斗篷把他抬走。

我们走进屋里。我激动地环视着四周，回忆着儿时的生活。家里一点都没有变化，一切都原封未动。施瓦勃林没让暴徒们抢劫，虽然他的确卑鄙，却也不由自主地厌恶那种无耻的贪婪。下人都到前厅里来。他们没有参与造反，而且由衷地为我们的得救快活。萨维里奇更是扬扬自得。应该说明一下，当强盗发动进攻，大家正乱成一团的时候，他跑到拴着施瓦勃林坐骑的马厩里，配上马鞍，乘乱偷偷地把马牵出去，神不知鬼不觉地驰往渡口。他遇到已经在伏尔加河这边河岸上休息的骠骑兵团。格里尼奥夫从他那里得知我们正处在危险中，马上命令上马，全速前进。荣耀归于上帝，他们及时赶到了。

骠骑兵们回来了，他们抓了几个俘虏。当下就把俘虏关进我们刚刚经受过值得纪念的围困的那个谷仓。

格里尼奥夫坚持要把录事的头挂在酒店的竹竿上示众几个小时。

我们各自回到自己的房间。两位老人家要休息一下。一夜没睡了，我倒在床上，一下子就睡得很熟。格里尼奥夫也去处理自己的事务。

晚上，我们都聚集在客厅里，围着茶炊坐下来，高兴地谈论刚刚经历过的危险。玛莎给大家倒茶，我坐在她身边，一心欣赏她的一举一动。我的双亲显然乐滋滋地看着我们俩情投意合的样子。当晚的情景至今仍历历在目。我觉得很幸福，觉得十分幸福。在苦难的人生中，又有多少这样的时刻啊？

次日，下人来报告父亲，说农民们都聚集在老爷的院子里请罪。父亲走到台阶上，他一出来，庄稼汉们便都跪下了。

"怎么样，你们这些糊涂蛋，"他对他们说，"你们为什么要造反？"

"我们有罪，老爷，"他们异口同声地说。

"是啊，是啊，是有罪。你们捣了半天乱，自己也不高兴。上帝让我和儿子彼得·安德烈伊奇又见了面，我心里高兴，因此决定饶恕你们。"

"我们有罪！实在有罪。"

"那好吧，宝剑不杀认罪人。上帝赐给我们好天气，是割草的时候了，但是你们这些蠢货，整整三天都干了些什么？村长，命令大家都去割草。当心，你这红头发的骗子，伊里亚节以前，所有的草都要堆成垛。都走吧！"

庄稼汉们鞠了一躬，都干活去了，似乎什么事也没有发生过。

施瓦勃林的伤不是致命的。他被解到喀山去。我从窗口里看到他被押上马车。我们的目光碰在一起，他低下头，我也急忙从窗口走开。对于仇人的灾祸和屈辱，我不想表现出得意的样子。

格里尼奥夫还要继续前进。哪怕我非常想和家人一起再待几天，但我还是决定跟他走。出发前一天，我到双亲那里去，按照那会儿的习惯，向他们磕头跪拜，请他们为我和玛莎的婚姻祝福。两位老人把我扶起来，满含激动的眼泪表示同意。我把面色苍白、浑身颤抖的玛莎带到他们跟前。他们为我们祝了福……我不来讲述当时的心情了。假如某人曾经处在我的地位，无须赘言，他也会知道；假如没有人经历过，我只能替他惋惜，而且劝他趁现在还来得及，赶紧恋爱，去赢取双亲的祝福。

第二天全团集合了。格里尼奥夫和我们全家辞别。我们都确信，战事马上就要结束；我希望一个月以后能够做新郎。玛莎和我道别的时候，当众吻了我。我骑上马。萨维里奇还是跟着我——于是全团开拔了。

我从远处长时间地望着我再次离别的家乡。一种不幸的预测使我惴惴不安。有个声音在悄悄地对我说，我的灾难还没有完全过去。我心里感觉到，新的暴风雨就要到来。

我不想描述我们进军的情况和普加乔夫战争是怎么结束的。我们经过了很多被普加乔夫毁坏殆尽的村子，只能把强盗们没有抢劫去的东西从贫苦的居民手中夺走。

他们不知道服从谁好。所有的行政机关都瘫痪了。地主们都躲到树林里去。匪帮到处横行作恶，无论有罪无罪，派出去追击当时已向阿斯特拉罕逃窜的普加乔夫的各部队长官都随意加以惩罚……这块烽火遍地的地带的景象是相当悲惨的。唯有上帝别让你看到这没有丝毫意义的残酷无情的俄国叛乱。那些妄想在我们的国家里实现改朝换代的人不是太幼稚并且不了解我国人民，就是生性残酷，不把别人的脑门和自己的脖子当一回事。

普加乔夫被伊·伊·米赫尔逊追得四处流浪。没多久我们就听到消息，说他的军队已彻底被击溃。最终格里尼奥夫从他的将军那里得到了俄皇已经被捕获的通知和停止追击的命令。我终于努力回家了。我特别高兴，但是一种奇怪的感觉却使我的高兴蒙上了一层厚厚的阴影。